U0532742

Der König
verneigt sich
und tötet

Herta Müller

每一句话语
都坐着别的眼睛

〔德〕赫塔·米勒 著

李贻琼 译

贵州出版集团
贵州人民出版社

图书在版编目（CIP）数据

每一句话语都坐着别的眼睛 /(德) 赫塔·米勒著；李贻琼译. -- 贵阳：贵州人民出版社，2023.4（2025.1重印）
 ISBN 978-7-221-17383-6

Ⅰ.①每… Ⅱ.①赫…②李… Ⅲ.①散文集—德国—现代 Ⅳ.①I516.65

中国国家版本馆CIP数据核字(2023)第003385号

Title of the original German edition:
Author: Herta Müller
Title: Der König verneigt sich und tötet
©2009 Carl Hanser Verlag GmbH&Co.KG, München
Chinese language edition arranged through HERCULES Business & Culture GmbH, Germany

本书中文简体版权归属于银杏树下（北京）图书有限责任公司。

著作权合同登记图字：22-2023-001号

MEIYIJU HUAYU DOUZUOZHE BIEDE YANJING
每一句话语都坐着别的眼睛

［德］赫塔·米勒 著
李贻琼 译

出 版 人：朱文迅	
选题策划：后浪出版公司	
出版统筹：吴兴元	编辑统筹：朱 岳　梅天明
责任编辑：徐 晶	特约编辑：赵 波
装帧设计：墨白空间·黄海｜mobai@hinabook.com	
出版发行：贵州出版集团　贵州人民出版社	
地　　址：贵阳市观山湖区会展东路SOHO办公区A座	
印　　刷：河北中科印刷科技发展有限公司	
经　　销：全国新华书店	
版　　次：2023年4月第1版	
印　　次：2025年1月第8次印刷	
开　　本：880毫米×1194毫米　1/32	
印　　张：6.5	
字　　数：96千字	
书　　号：ISBN 978-7-221-17383-6	
定　　价：52.00元	

后浪出版咨询(北京)有限责任公司 版权所有，侵权必究
投诉信箱：editor@hinabook.com　fawu@hinabook.com
未经许可，不得以任何方式复制或者抄袭本书部分或全部内容
本书若有印、装质量问题，请与本公司联系调换，电话010-64072833

写给中国读者

对于我既往的全部作品,能在世界上人口最多的国度出版发行,这无疑是一种莫大的荣幸。我相信很多中国读者对西方文学的阅读和体验,会丰富他们的当下生活,甚至会使他们对人性的省察与对社会现实的感知,具有了"另一种技巧"。但我宁肯你们把我视为您身旁的一个普通写作者,你们都可能是我诸多书中人物的命运共同体。我们以相似的姿势飞翔,也极可能以相同的姿势坠落。

赫塔·米勒
于 2010 年 8 月 11 日

An meine chinesischen Leser

Ich fühle mich geehrt, dass meine bisher publizierten Werke in dem bevölkerungsreichsten Land der Erde erscheinen sollen. Die Erfahrungen, die Sie als chinesische Leser aufgrund westlicher Literatur machen, könnten im Hinblick auf Ihr Leben bereichernd sein. Sie mag Ihnen als eine neue Optik dazu dienen, den Menschen in seiner individuellen Beschaffenheit wahrzunehmen und sich seiner gesellschaftlichen Lebensumstände bewusst zu werden. Was ich mir persönlich wünsche, ist, dass Sie mich als eine Autorin Ihrer Nähe empfinden können. Vielleicht teilen Sie gar ein gemeinsames Schicksal mit manchen Figuren in meinen Werken: Beim Flug sind wir alle ähnlich, aber sehr wahrscheinlich gleichen wir uns im Absturz.

Herta Müller
den 11. August 2010

目录

每一句话语都坐着别的眼睛　001

国王鞠躬，国王杀人　035

沉默使我们令人不快，说话让我们变得可笑　071

一次触摸，两次释放　103

陌生的目光或生命是灯笼里的一个屁　127

红花与棍子　149

岛在内，国界在外　159

在我们德国　175

空气中酝酿的往往不是好事　187

每一句话语都坐着别的眼睛

我小时候,村里人使用的语言,词语就住在它们表述的事物表面。所有名称与事物贴切契合,物体和它们的名字如出一辙,二者如同缔结了永久的契约。对多数人而言,词语和事物之间没有缝隙,无法将其穿越望向虚无,正如我们无法从皮肤滑出落进空洞。日常生活的机巧都是依赖于直觉、无须语言的熟练劳动,大脑既不与其同行,也没另辟蹊径。脑袋的存在只是为了携带眼睛和耳朵,供人们在劳作中使用。我们常说:"他肩膀上扛着个脑袋,只为了雨不淋进脖子。"这句话可以用在所有人的日常生活,但也未必。冬天,屋外无事可做的时候,看着父亲没完没了把日子一个接一个喝倒,外婆常劝慰我母亲:"难受的话,就去收拾收拾衣柜吧。"整理衣物能使人平静下来。母亲把自己和父亲的衬衣、袜子、自己的裙子和男人的裤子重新叠好,分门别类摞起或挂好。两人整理过的衣物挨在一起,仿佛能阻止父亲把自己醉醺醺地从婚姻中摇出去。

只有当大家一起干活,相互依赖对方的手艺时,语言才会伴随劳动。但此时人们也未必交谈。扛麻袋、挖沟、砍伐、收割,所有这些重体力活,都是沉默的课堂。可能体力消耗过度,都没有力气讲话了,二三十人默默地劳作,连续几小时没人讲话。有时我会想,我就这么看着,看你们在劳动中荒废了说话的能力,等你们从劳作中走出来,会忘掉所有词语的。

人的行为无须言语的重复。词语会妨碍动作,横亘在身体之路上,这一点我早已明了。如果身体动作和思维的内容不一致,那就意味着,你此时的思考超越了你的能力,也超出了他人对你能力的估计。你想的其实是别的什么,只在你恐慌时来临。我并不比别人更怯懦,可能和他们一样,只是为大脑无来由遐想出来的东西感到害怕。这假想的恐惧不是单纯的幻象,人们与它纠缠不清时,它同来自外界的恐惧一样真实,一样对我们发生作用。正因为它源自大脑,所以被称为没头没脑的恐惧。没头没脑,是因为它没有准确的缘由,因而无从消解。埃米尔·齐奥朗曾说,无来由的恐惧的瞬间最接近真实的存在。追寻意义的瞬间，精神发烧，情绪冷战，都发生在提出这个问题的时候：我生命的意义是什么？这个追问粗暴地抨击庸常，从"平常"时刻闪烁而出。我无须忍饥挨饿，也不用赤脚行走，夜晚躺在熨得沙沙作响的干净床单上，关灯之前，外婆会为我唱"主啊，入眠之前，我要将我的心献上"的催眠曲……然后，床边的壁炉化为村口爬满野葡萄藤的水塔。赫尔加·M. 诺瓦克美丽的诗句："水塔周围的野葡萄，如士兵的下唇一样凋谢时，将自己的颜色完全褪尽"，我在那时还未能领略。祈祷的喃喃细语本应该平息心境，使人安然进入梦乡，却在我脑海中掀起层层波澜。所以至今我都无法理解，信仰是如何帮助他人平抑恐惧、平衡心理、平静思绪的。每一句经文，包括人们天天机械吟诵的祷词，最终都成为一个范式，需要根据自身的情形做出诠释。双脚在地面，往上是腹部，然后是肋骨、头，最高处是头发，我们怎能让心灵越过头发穿过厚重的屋顶，到达上帝的居所呢？外婆自己无法达成的愿望，对着我唱又有何用？

野葡萄在我们方言中叫作"墨汁葡萄"，它黑色的果实将手染黑，沁入皮肤，几天都洗不掉。床边水塔上的野葡萄，黑得一如深沉的睡眠。我知道，进入梦乡，就是溺死在墨里。我也知道，睡不着的人，良心不安，脑子里装着坏东西。我的脑子里就装着这样的坏东西，但我不明就里。村庄的夜晚，户外也是墨，水塔控制了四周，把大地和天空移走，村人在墨中只有弹丸之地以供立足，无一例外。青蛙从四面八方鼓噪，蟋蟀欢闹着指引通往阴间的小径，同时将通道封锁，防止有人从阴间折返，从而把村子变成盒子的回声。和其他孩子一样，我跟着大人去凭吊死者。他们被安放在宅中最漂亮的房间里，进入墓穴之前，让人们去做最后的拜访。棺木的盖子开着，死者的脚被高高垫起，鞋底朝着门。人们缓缓走进屋子，从脚的位置开始环绕一周，凝视死者。青蛙和蟋蟀是亡者的喽啰，夜里，它们对着活人说些透明的话，把他们的脑子搅乱。我屏住呼吸想听个明白，却忍不住要换气。想弄懂它们的语言，又害怕为此丢掉脑袋，踏上不归路。我想，谁一旦明白了那透明的话语，双脚就会被捆住离开地面，从村庄大盒子里被交出去，让周围的黑暗吃掉。在光线刺眼的炎热日子里，在山谷放牛时，我有着同样的感受。我没有手表，我的表是开往城里的火车：每天有四列火车驶过山谷，第四班开走时正好是晚上八点，我就可以回家了。这时，天空开始啃啮青草，把山谷拉向自己，我必须在山谷被拉上去之前赶紧离开。在那些漫长的日子里，在辽阔的、放肆地碧绿着的山谷中，我无数次问自己，生命的意义是什么。我在皮肤上捏出块块红斑，想知道我的腿和手臂源自什么材料，上帝何时会把它们从我身上拿走。我咀嚼叶子和花，希望舌头与它们成为同族，希望自己像花和叶一样通晓生命之道。我用通行的名字和它们打招呼。"奶飞廉"，是一种花茎里有奶液的带刺植物，但它并不认可，对这个名字没有反应。我试着叫它"刺肋"或"针颈"，不用"奶"或"飞廉"之类的字眼，此时，在正确的植物面前，所有错误名字的谎言中，面向虚无的缝隙打开了。我只是大声自言自语却不和植物对话，真是丢脸。在四列驶过的火车上，窗户被用力打开，旅客们穿着短袖站在车厢里。我向他们挥手，尽量靠近铁轨，好能看清他们的脸。旅客都是干净的城里人，一些女人身上的首饰和红指甲熠熠发光。列车驶过之后，我飘起的裙子重又贴在身上，头被瞬间中断的气流搅昏，眼睛像是旋转木马骤然停下后感觉胀痛，眼球仿佛要被从额头拽走，被气流冷却后大得眼眶无法包住。我呼吸绵软，胳膊和腿上污渍斑斑，皮肤划伤，指甲被染成绿褐色。每列火车驶过之后，我都有一种被抛弃了的感觉，更犀利地看清自己，也更厌恶自己。彼时，山谷的天空是一片巨大的蓝色垃圾，草地是一块巨大的绿色垃圾，而我是它们中间的一小块垃圾，毫无价值的一小块垃圾。方言中没有"孤独"这个词，只有"独自"，读"allenig"，听起来像"wenig"（少）。我，就是这样少，微不足道。

玉米地里也是一样：花序长着老人的白发，可以用来编辫子，玉米粒是破碎的黄牙。我身体簌簌作响，像尘土中空旷的风一样微不足道。嗓子干渴，头顶上陌生的太阳，像上等人把一杯水递给客人时手中的托盘。直到今天，绵延的玉米地依然会令我感到悲伤。无论乘火车还是汽车，每每驶过玉米地，我都被一种恐惧攫住。我紧闭双眼，怕玉米地会直挺挺地环行整个地球。

我厌恶执拗的田地，它们吃掉野草和野物，只为了喂饱蔬菜和家禽。每一块耕地都是无边无际的死亡形式的陈列馆，是绽放的尸体盛宴，每一片风景都在执行着死亡。花效仿着人类的脖颈、鼻子、眼睛、嘴唇、舌头、手指、肚脐、乳头，纠缠着借来蜡黄、灰白、血红或灰蓝的器官，在绿的陪伴下，挥霍着不属于它们的一切。缤纷的色彩从死者皮肤随意穿过，愚昧的生者虽乞求却不得。它们只愿傍在亡者身边，在凋零的肉体上盛开。我在凭吊死者时认识了蓝色的指甲和淡绿耳垂上的黄色软骨，植物已在那里长牙，等不得进入墓穴，在宅中最美丽的房间迫不及待地开始了它们的分解工作。走在村庄的街道上，徜徉在房屋、水井和树木之间，我常想：村庄只是世界的花边，人应当生活在柏油马路的地毯上，地毯只在城里才有。我不想被这盛开的、铺张着所有颜色的陈列馆俘虏，我不要将自己的身体奉献给这贪婪的、用鲜花伪装的燃烧的夏天。我要离开花边，走上地毯，脚下是坚实的柏油路，死亡就无法从地下爬上脚踝。我要像城里女人一样涂着红指甲坐火车，穿优雅的蜥蜴头皮鞋走在柏油路上，听鞋底啪嗒啪嗒地响，就像我两次进城看病时见到的那样。虽然我熟悉农民，但我无法认同贪婪的庄稼地的生活，无法与映在皮肤上的叶的绿色妥协。我知道，庄稼养育我，只是为了将来吃掉我，它时时处处都在提醒，我们只是未来的死亡陈列馆的候选人。我不明白，大家怎能安心将自己交给这样的地方。

我的行为无法说服自己，思想不能令他人信服，已然是彻底的失败。我须将这样的瞬间撕开，口子大到人力所及之物无法填充。我挑衅赤身迎面而来的无常，却无力找到可以勉强自己顺应世俗的尺度。

脱离皮肤滑入虚无令人蒙羞。我曾试图融入周边的环境，让它打磨我，把我损耗、肢解到无法复合，如今看来这几近乱伦。我渴望"正常的交往"，又将它拒之门外，因为我无法做到对一切听之任之。我迫切需要达到心如止水，却又无从做起。外在没什么值得关注，它们从未在我思考之列，但精神的"迷失"则须掩盖。方言中除了形容身体的"慵懒"和精神的"深邃"之外，没有其他词汇，我至今也没有找到合适的词。并非所有事物都存在适合它的表达，人们也不总在词语中思考，我就是例证。我对很多事物的思考，无论在村子的方言德语，城里的标准德语，还是罗马尼亚语，无论在西德德语还是东德德语，或是在书本中，都无法找到合适的词汇。内心的疆域无须言语的覆盖，它将我们带到词语无法驻足之地。最关键的东西往往无法言说，而言说的冲动却总在旁流淌。西方人认为，说话可以解决大脑的迷惑，但说话既不会打理玉米地里的生活，也不能安排柏油路上的日子。不能容忍无意义的事物，我也只在西方看到。

说话能做什么？如果生活的大部分内容已经失常，词语也会失落。我看见我曾拥有的词语失落，可以肯定，那些我可能拥有却并未拥有的词语，也会随之一起失落。不存在的和已存在的一样，终会陨落。我永远不会知道，人们需要多少词语才能完全覆盖额头的迷失，而当我们为它们找到合适的词语时，迷失又匆匆离它们而去。哪些词，须以何种速度备用，随时与其他词汇轮流交替，才能赶上思想的脚步？怎样才算赶上了思想的脚步？思想与思想的交流，和思想与词语的交谈，本来就是两码事。

尽管如此，表达的愿望依然存在。如果不是一直拥有这样的愿望，我不会想到要为奶飞廉取名，好用正确的名字去称呼它。如果没有这样的愿望，我也不会因适应环境的尝试失败而将自己陌生化。

物品于我一向很重要，它们的外形如同主人的影像。要想了解一件物品,只需看它的主人,他们之间密不可分。物品是从人的皮肤上剥离的最外层,如果它们的生命比主人更长久,逝者就会在他们遗留的物件中徜徉。父亲去世后,医院把他的假牙和眼镜转交给我。家中厨房一个放餐具的抽屉里,一直放着他的几把小螺丝刀。父亲在世时,母亲总是抱怨着叫他拿走,可他死后,螺丝刀在那儿一放又是好几年。这时,抽屉里的螺丝刀不再碍母亲的眼了。主人已不在餐桌边,至少他的工具可以和餐具放在一起,逝者已去,生者不再拘泥于常规,手下也对他们生出些敬畏。有时我想,如果父亲能重回桌边,母亲兴许会容忍他用螺丝刀而不是用刀叉吃饭。父亲走后,院子里固执的杏树也扭捏着不愿开放。感觉以一种奇怪的方式向外发散,只有少数几件物品会清晰地印在人们的记忆中,毫无道理可言,而且不直截了当。不是假牙和眼镜,而是螺丝刀和杏树一直在提示我们父亲已经不在的事实。我荒诞的目光走进杏树,在我长久的关注下,它们又秃又短的枝干,在我的视线中渐渐与螺丝刀混淆起来。如今,我已长大,但这些东西依然别有用心地纠缠在一起,和从前一样。

柏林太冷，不适合杏树生长。我在柏林生活，也并没有想念过杏树。无意中碰到一棵，紧挨着一座城铁路桥，人们一般不会往那儿去。它不属于任何人，最多属于这个城市。杏树立在路堤的一个低洼处，树冠与桥栏一般高，但离桥栏很远。要想摘到杏枝，得冒点风险伸长手臂去拽。每隔几天，我都会经过那里。对我来说，杏树意味着已经远去的一小块村庄，它到德国的时间比我长，仿佛当年有些树也厌倦了村子，悄悄从园子里溜走，来到这里。远走他乡的树像背井离乡的人，在恰当的时刻离开危险的地方，找到一块不很恰当的土地，在一个错误的地方停下来，无法决心继续走下去。去商店的路两边都有人行道，我完全可以避免和杏树相遇。但既有了杏树，就不可能只去商店。我经常纠结是去看杏树，还是绕道走。我对自己说：去看看它今天怎么样了，或者，今天它该不会让我心烦吧。我去看杏树不为父亲，不为村子，也不为国家——不是受乡愁的驱使。树既不是负担也不会减轻负担，它站在那里，只是对时间的一种回味。和杏树在一起时，我脑子里沙沙作响的一半是糖一半是沙。"杏"（aprikosen）这个词很讨巧，听起来像"亲热"(liebkosen)。在与杏树无数次的相遇之后，我用剪报粘贴了下面的文字：

  停车场的猫拖着脚步窸窸窣窣
  五六爪印如合欢豆荚印上台阶
  当年我们在村里嚼着歪杏
  猫咪尖着鼻子围坐板凳
  一双双眼睛玻璃杯样转动
  毛发在梦乡随呼吸起伏
  杏枝张开手臂发烧冰冷甜蜜破坏
  我今天还在向停车场的猫咪问候

  我并不指望这首诗能最终解释有关杏树的事情，它既不能否定也无法证明杏树问题对我的困扰。倒是其他作家的文字为我做了注解。既然糖于我一半是沙子，亚历山大·沃纳（Alexandru Vona）信手拈来的简洁而充满诗意惊怵的句子帮了我的大忙："我想象那被加速的记忆的迷宫，如此包罗万象，却只需分秒，即便持续一整天或更久，以高度概括的形式显现（……）问题原本很简单：既然我们只需要一点点时间就可以再次体验它为我们保留的东西，那些时间都去了哪里?"

我在事物面前曾无缘无故认生的地方,总会折返回来。它们在重复中找到我。亚历山大·沃纳说:"事物有一种咄咄逼人的出场,我不明了其意图。"帽子具有一种无目的潜伏性,在主人不经意间,秘密悄悄溜进头发和丝绸衬里之间。人们戴着帽子干活时,我虽然不十分确定,却能感觉到那里藏着秘密。因此,"脱帽"不一定是行礼致意,它可能更加意味着"亮出前额"。摘下帽子时,里面的白色丝绸内衬也会露出来——帽子可能是带白色内衬的头颅遮蔽物。一次,两个秘密警察来工厂找我,两人同时摘下毛皮帽子,脑袋中间,头发乱蓬蓬地向上夆着——大脑使头发直立,想让它们离开头颅。我能看见,它就蹲伏在衬里上。两人傲慢无礼,行为粗鄙,白色衬里使他们显得可怜无助。这白色的光芒让我感到自己神圣不可侵犯,让我在内心摆脱他们,生出许多大胆的想法,他们却不懂是什么在保护我。我脑海中浮现出一些小诗,我默念着,仿佛从丝绸衬里中读出。那两人一脸沧桑,脖子老相,自以为掌握着我的生死,其实对自己的命运一无所知也无从把握。我的小诗在白色内衬站立的地方,就是他俩头颅的灵位。

我喜欢戴帽子的人，因为一摘下帽子，大脑就裸露出来。一直以来，我在人们脱帽的瞬间都会垂下目光，不敢去看，否则会看到太多内容。我永远不会给自己买一个有白色内衬的头部遮蔽物，否则我的太阳穴会跳个不停，它会让我意识到，在帽子的衬里面前，头无所隐瞒，它在每一顶帽子面前都没有秘密。

我可以谈论这一切，杏树啊，帽子的白色内衬之类，但我无法用词语解释它们在大脑中的作为。词语被裁剪过，甚至被裁剪得很精确，用于说话。它们只为说话而存在。对于我，它们也为写作而存在。但杏树的螺丝刀枝条和大脑帽子，是词语无法理解的，它们没有能力做思想的代表。

读书或写作也不是解决之道。如果有人问我，为什么这本书严肃，而另外一本肤浅。我只能回答，那要看它在大脑中引发的迷失的密度，那些能立刻吸引我的思想、词语却无法驻足的地方的密度。文章中这样的地方越多，就越严肃，这样的地方越少，就越平庸。一直以来，我评价一篇文字的优劣，这是唯一的标准。每一个好句子都会使大脑无声地迷失，把读者带到一个它所释放的内容迥异于词语之表达的境界。如果说一本书带给我改变，那就是基于这样的原因。尽管大家总是强调诗歌与散文的不同，但在这个问题上，二者没有区别。散文同样要遵循这个密度，只不过它因篇幅不同采用的方式也不同。经常举办诗歌朗读会的布鲁诺·甘茨曾在一次采访中说："是的，诗歌中每一个句子都能展开一片广阔的空间，并超越词汇赋予它的意义。每一行诗句又以奇特的方式和下一行叠加，如此不断构造出新的空间。线性的散文则是论证式的，经常运用换位、垂直和奇特的移动。在我看来，诗歌处于一个被空气包裹的巨大空间，它比词语直接表述的内涵更广，更能打动人。"布鲁诺·甘茨非常贴切地描绘出读者被文字吸引的情形，并针对包括散文在内的所有文学形式。散文有时也会像玻璃一样清晰地展现在我们面前，汉娜·克拉尔（Hanna Krall）提供了很好的范例："他们把她从维也纳的盖世太保那里带到奥斯维辛，隔离起来。三个月后将其释放，因为她丈夫在毛特豪森等她。她在月台上找到门格勒医生，说自己当过护士，希望允许她在列车上做护理……门格勒医生优雅、有礼，在站台上对她进行了简单的测评：'你知道怎么区别动脉出血和静脉出血吗？'他问，这个她知道，她曾在犹太人聚居区的伤寒诊所学过。门格勒又问，'人一分钟呼吸几次？'这个问题难到了她，'心脏一分钟跳几下？'医生像通情达理的教授，不愿看到学生考试不及格。'要视情况而定，'她回答，'看他是否感到害怕，以及害怕的程度。'门格勒医生大笑起来。这时她看见他门牙上有个缝，她记起护理课上讲过，这样一个牙缝叫作先天性牙体间隙。"汉娜·克拉尔的记录保留了口述语气，笔触饱含冷峻的精准和敏锐的平静。文字在讲述的同时也在倾听，将读者推到离事实近到几乎无法忍受的距离。汉娜·克拉尔使我们所有的评价失语，她通过提炼和对情节的安排产生一种毋庸置疑的率直，在脑海中开始回响。她笔下的事件似乎自己在讲故事。汉娜的过人之处在于她不加评论，却在每个句子后面无形地参与着。她无须虚构，仅仅通过对词语、词序、剪裁的敏锐感觉进行文学创作，令人叹服。在她的作品中，事件仿佛被迫回到亲历者的隐身之处。亚历山大·沃纳则不同，他在虚构时却给人以纪实的印象。沃纳的文字无须修饰也会熠熠生辉，他这样描写"在家的感觉":"……我在夜的黑暗中走进房间，认出了凳子。因为我知道，这时候它一定在那里，（而且我知道，我）在同样被黑暗包围的陌生房间中不会认出它——事实上我什么都没看见。"还有，"整个城市像音乐会上邻座那一动不动的剪影"，以及"我在谈话时总是关注自己的表情多于对方，而我对自己的了解，与对方眼中折射出的一样多。"沃纳的文字里，迷失在简洁中发生，已确认的事实变回陌生，扩展为范式。但他的方式方法和手段却让人不得而知。句子在大脑中干了什么，不会示人。

文章也可以是隐喻的，像安东尼奥·罗伯·安图尼施（Antonio Lobo Antunes）的作品，将文字拼成画面，再引向迷失："云的色彩化为黑色的情绪和愤怒的忧郁，在海上团成一个个靠垫，摞在一起，仿佛到处是塔夫绸的双下巴。"这是小说《鸟儿归来》中的句子。

上述三位作家的写作方式完全不同，但他们的文字都深深地吸引我，令人叹为观止。他们让我跳出自己，用他们的文字重新审视我的生活。人们赞美散文时喜欢说，这一句很有诗意，或许是因为它单独存在即能达意的缘故，但散文中的好句子只可能与诗中的好句子而非平庸的句子相像。不论在哪里，只有好的文字才会有相似之处。"鸟儿死去时，它们的肚皮在风中朝向天空"，这样的句子出现在安图尼施的散文中再自然不过。它听上去之所以是好的诗句，只因为它是好的散文句。

在物品及表述行为而非表达思想的词汇中，已经存在太多的陷阱。而我又离开花边，走上了铺着柏油马路的地毯。十五岁进城，接触了许多新鲜事物，开始学习罗马尼亚语。起初很吃力，我竖起耳朵全神贯注，依然什么都听不懂。我穿上了蜥蜴头皮鞋在街上啪嗒啪嗒，却迷失了自己。走过城市，感觉除了脚尖为高跟鞋存在之外，身上别无他物。我只好尽量少说话。半年后，一切突然改变了，我似乎什么都没干，所有人行道、机关的窗口、电车、商店里的货品，一下子都为我学会了这门新的语言。

如果某个地方充斥着你不懂的语言，你就要和它一起去倾听。日子久了，你在这里生活的时光会为你学习，这和大脑没有关系。我一直以为，人们对词语的倾听不够重视。倾听是在为说话做准备，时候一到，话语会自动从嘴里涌出。忽然有一天，罗马尼亚语就变成了我自己的语言。不同的是，当我并非情愿不得不用德语词汇和它们比较时，罗语会睁大了眼睛。它的纷杂具有一种感性、调皮、突如其来的美。

村里的方言德语说：风在走；学校的标准德语说：风在吹（wehen），在七岁的我听来像是风在让自己痛（wehen）；罗语则说：风在打（vintul bate），立刻听到了运动的声响：风不是让自己，而是让别人痛。不同语言对停止刮风的表达也大相径庭。德语说：风躺下了，是平坦的、水平的；罗语说：风站住了（vintul a stat），是直立的、垂直的。"风"只是不同语言在表达同一事物时持续换位的一个例子，几乎每个句子都是另外一种视角。罗语眼中的世界如此不同，是因为罗语的词汇不同，这些词汇又以完全不同的方式被织入语法的网中。

百合（Lilie），在罗语中是阳性，crin。阴性的Lilie和阳性的crin观察的目光自然不一样。人们在德语中和百合女士打交道，在罗语中和百合先生打交道。拥有两种视角的人，二者在头脑中交织在一起。阴性百合和阳性百合敞开自己，一个男人和一个女人荡着秋千，荡进对方的身体里。物体内部产生一阵骚乱，因为它无法清晰地辨认自己。百合在两种同时奔跑的语言中变成了什么？一个男人脸上的女人鼻子？一个长长的淡绿的上腭，一只白手套，还是衣领？它散发来和去的气味，还是让我们嗅出超越时间之上的停留？两种语言交汇下的百合，通过两种百合视角，碰撞出一个神秘而永无终结的过程。双体百合在大脑中无法停歇，不断讲述着有关自己和世界出人意料的故事。与单语百合比较，人们在双语百合中看到更为丰富的内涵。

从一种语言走向另一种语言时会发生变样，这时母语的视角被置于外来语种的审视之下。母语无须作为，它是不经意间产生的一种天赋，在迟来的异国语言打量下，原本天然而唯一的语词世界中，它的偶然性悄然闪现。从此，母语不再是事物唯一的栖所，母语词汇也不再是事物唯一的尺度。当然，对个体而言，母语仍然是无法撼动的，即便在外语的观照下物体被相对化，我们终归还是信任母语的标准。我们知道，它尽管偶然，源于直觉，却依然是我们拥有的最安全、最基本的标准，它无偿地将自己提供给嘴唇，无须有意识学习。母语像皮肤一样，随时随地无条件地存在着，如果被小看、被歧视，甚或被禁止，也会像皮肤一样受伤。我从罗马尼亚的一个方言小村走出来，操一口学校里学到的寒酸的德语普通话，走进城市的官方语言。与我有相似经历的人，会感到一样的困顿。进城的最初那两年，在语言中找一个合适的字眼，往往比在陌生的街区找路还要困难。罗语就像我口袋里的零钱，货架上的商品还没有完全吸引我的目光，它已经不够支付了。我要说的话，必须用合适的词语来支付，可是它们大部分我都不认识，认识的有限几个到用时却想不起来。现在我明白了，将我逼到自己思考水平之下的这种渐进、这种迟疑，也给了我时间，让我惊羡罗语为事物带来的变样。我知道这是我的幸运。罗语的燕子，rindunica，"小排排坐"，是一个全新的视角，其内涵比德语中的燕子要丰富得多。一个鸟的名字，同时为我们描绘出这样一幅图景：燕子们黑压压地并排坐在铁丝上。没有接触罗语前，每个夏天，我都会看到这样的风景。我为人们能如此美丽地称呼燕子而慨叹。

随着时间的推移，我越来越意识到，罗语词汇较德语更感性，和我的感觉更合拍。不论谈话还是写作，我都不愿再失去这变样的两端。虽然我的作品中从未出现过一句罗语，但它一直伴随我的文字，这一点毋庸置疑。它已经走进我的视线，在那里生了根，发了芽。

母语在外语的审视下，其偶然性变得清晰可辨，但这并不使母语感觉受伤。相反，将母语置于其他语言的目光之下，会产生一种彻底的公证关系，像成全一份无须努力得来的爱情。我爱自己的母语，从来不是因为它更好，而是因为它与我最亲密。

遗憾的是，对母语本能的信任有时会遭受彻底的破坏。纳粹灭绝犹太人的行动之后，保罗·策兰必须面对一个现实，即他的母语也是杀害他母亲的刽子手的语言。策兰无法抖落身上这冰冷的套索。他人生学说的第一句话是德语，这种语言在他大脑中根深蒂固，无法剔除，即便散发着集中营烟囱的气味，策兰也必须将它当作最亲密的言语障碍保留于心。虽然他是在意第绪语、罗马尼亚语和俄语环境中长大，日后法语成为他日常生活的语言，依然无法撼动德语在他心中的地位。乔治-阿瑟·歌德施密特（Georges-Arthur Goldschmidt）在犹太人大屠杀之后拒绝再讲德语，几十年只用法语写作，但他并没有将德语遗忘，他最后的几部德语作品水平之高，是许多德国作家都无法超越的。我们可以说，歌德施密特的母语在很长一段时间里被剥夺了。

许多德语作家微醺于这样的观点,即母语在必要时可以代替其他一切。尽管这必要性在他们身上从未发生,他们依然热衷于鼓吹"语言即家园"。他们的故乡触手可及,从来无须质疑,他们的家园也从未危及过他们的生命,因此从他们嘴里说出这句话常常会激怒我。这些文人有义务将自己与那些逃脱了希特勒刽子手的魔掌、到处颠沛流离的人相联系。在他们身上,"语言即家园"浓缩成简单的自我肯定,仅仅意味着"我还活着"。对这些流亡者来说,"语言即家园"成为他们在陌生的土地上,用话语表达的自我坚持。那些脚踩安全的土地、可以自由来去故乡的人大可不必于此费神。从他们嘴里说出这句话,弱化了流亡者失去的一切,让他们对自己破碎的存在、孤独和永远无法重拾的自我认同视而不见,只因母语作为头颅携带的故乡能弥补一切。母语的携带不是可能,而是一种必然,除非死后,母语也随之消失。但这又与家园有何相干?

我不喜欢"故乡"这个词,它在罗马尼亚被两种人占有着。一种是村里的施瓦本波尔卡男人和道德专家,另一类是政府的机关干部。村庄故乡是德意志狂的，国家故乡是无主见的驯服和对压制的盲目恐惧。两种故乡概念都是偏狭的、惧外（国人）的和傲慢的，四处嗅着背叛的气息。二者都需要敌人，做出的判断笼统、敌意、最终有效，错了也不屑去更改。二者还都擅长株连九族。我的处女作出版后，村里人在街上遇见我，会朝我脸上吐唾沫，从此我不敢再回村子了；给我九十岁的外公刮了几十年胡子的理发师宣称，以后再也不伺候他了；社员们不再和我母亲同坐一辆拖拉机或马车，在辽阔的玉米地里用孤立来惩罚她，只为她那个可耻的女儿。母亲和女儿，因为不同的原因陷入同样的孤独。母亲进城来找我，她没有抱怨，但我从她的眼泪中听出明明白白的谴责："别再给村子添堵了，你就不能写点别的。你以后不用回去，但我还得在那里生活呀。"政府把我带走审问时，村里的警察把母亲关在办公室整整一天。我不为家人的劝说所动，我不能让别人左右我该写什么，该说什么，让我收回我对他们和政府说的哪怕一个字，我都做不到。我做的事从不对家里说，他们也不问，就是希望不牵连他们，他们反正也理解不了。但在村子和政府的株连政策下，他们不得已被牵涉进来。我欠家人很多，但又无力改变现状。如果说这就是我的故乡,那只是因为我会说这个地方的语言。然而,正因为我会他们的语言,我们之间永远没有共同语言。在最短的一句话里,我们要说的内容已经大相径庭。

我的目光久久地停在豪尔赫·森普伦的一句话上,是出自他的《费德里科·桑切斯的告别》。森普伦曾被关在集中营,后来在佛朗哥独裁统治时期移民到这块陌生的国土。森普伦说:"家园不是语言,而是被说出者。"这说明他了解人们的内心需求与表达的内容有最起码的认同,以便归属它们。在佛朗哥时代的西班牙,他的母语之所承载与他的生命格格不入,这时的西语怎能成为他的故乡?森普伦的"家园即被说出者"在思考,而不是在卖弄有关故乡生存的最悲惨细节。今天,依然有很多伊朗人会因为一句话而锒铛入狱。多少中国人、古巴人、朝鲜人、伊拉克人从未在他们的母语中找到家园。萨沙洛夫被囚禁在家中的时候,他在俄语中还能找到家园吗?

如果生活中的一切都错了,词语也会失落。所有专制政权,不论左派右派,无神论的还是宗教的,都会将语言作为自己的工具。我的第一本书描写我在巴纳特施瓦本地区一个小村庄的童年生活，罗马尼亚出版社审查的词语之一竟是箱子。政府禁止德国少数族裔移民国外，箱子也成了敏感词。强权将词语的眼睛牢牢捂住，意欲熄灭语言的内在理性。被置于监督之下的语言和其他形式的侮辱一样充满敌意，所谓故乡更加无从谈起。

罗马尼亚语中，上腭被称作"嘴的天空"（crul gurii），但其发音并不显出庄重。罗语的表达总是常出常新，出人意料，施展着它们长长的诅咒。相形之下，德语的严谨则中规中矩，纽扣紧锁。我常想，"上腭是嘴的天空"的地方，空间应该很大，诅咒在这里成为痛苦无法估量的、充满恶毒诗意的长篇独白。我曾对罗马尼亚友人说，一个成功的罗语诅咒是上腭的一小次革命。独裁统治下的人们之所以不再抱怨，是因为咒骂已经发泄了他们的怒气。

在流利而准确地掌握了罗语之后很久，我依然需要竖起耳朵，倾听它向我描绘的大胆画面，结果还是常常令我瞠目结舌。许多词语看似平常，却暗藏着精确的政治态度。有些词本身就在讲故事。那时的罗马尼亚贫困遍地，到处是蟑螂。蟑螂在罗语中叫作"俄国人"，没有灯罩的电灯泡叫"俄罗斯吊灯"，葵花籽是"俄罗斯口香糖"。老百姓天天都在用机智的词语游戏贬低着他们的老大哥。词与意之间的关联很隐讳，因而更具有讽刺意味。商店里没肉可卖，只有带爪的熏猪蹄作为替代品，人们给它冠名"体操鞋"。这种高度政治化的表达方式无法禁绝。贫困是日常生活的装备，人们在讥讽少得可怜的商品时也在嘲弄自己，嘲弄中又清晰地寄托着渴望。这样的语言独具魅力。当然也有例外：我曾在一所轻工业部下属的中学代过课，一位老师把他的学生都叫作"……机组"，比如波佩斯库机组；某机械厂有三个部门分散在不同城区，需要信使在各部门间传递文件，其中有个信差是侏儒，个头还不到门玻璃，敲门时屋里人看不见，于是得了个"不在这儿先生"的绰号；还有吉卜赛人，他们脱离了黏土房的苦难生活，到工厂做火夫或钳工，人们戏称他们是"穿绸衫的吉卜赛人"。

独裁统治下，欣赏俏皮的、几乎天衣无缝的幽默，也意味着美化它的离题。无望中诞生的幽默，绝望处生出的噱头，模糊了娱乐与羞辱之间的界限。幽默需要出人意料的高潮，不留情面才能引人入胜，绽放言语的光芒。有些人能把任何事变成笑话，他们口若悬河，敏锐俏皮，通晓变形和组合手法，是训练有素的幽默老手。但很多笑话在长期的实践中流于低俗的种族主义，消遣着歧视。我工厂的一些同事，可以几小时不停地讲笑话，口若悬河之时居高临下，俯视着周边的一切，在这个过程中训练自己的记忆力。噱头隐藏了傲慢，成为一种非条件反射的习惯。讲笑话的人像得了职业病，得意中忘了初心。很多笑话的主题是颠覆罪恶的国家权力的，同时又是种族主义的。我当时真应该帮他们统计一下，在颠覆性笑话中，有多少具有种族歧视色彩。

同样，日常生活中的固定用法以及顺口溜的调子也会立刻给人留下深刻印象。词与词之间搭配得天衣无缝，无可争议，容易在坊间流传。市场经济下的西方国家，广告也会运用文字和画面的幽默效果。我移居德国后，某搬家公司的广告词吓了我一跳："我们能让你的家具长腿。"在我的记忆中，长腿的家具是秘密警察来过的标志：推开家门，发现椅子跑进了厨房，墙上的画掉到房间另一端的床上。最近，柏林所有的公交站张贴着一张女人脖子的海报，脖子上有两个枪洞，下面的洞上淌着一滴血。这是某互联网公司的广告。另一张海报上，一只高跟鞋踩在一个男人的手上。对此我必须得说几句了。踩在一只手上的鞋有什么美可言？它没有任何必要，却构成了最粗暴的伤害和毫无道理的侵犯，是玩弄折磨与死亡的荒唐游戏。在我看来，这样的广告只会贬低自己的产品。我绝不会去买讲述着践踏一只手的故事的优雅的鞋。被践踏的手无法与鞋分开，甚至比鞋还大，不断折磨着我的记忆。鞋的颜色和接缝在记忆中早已模糊，只有被踩的手十分清晰。我不必再看一眼广告牌，就能清晰地看到男人的手被踏的样子。记忆的选择并不奇怪，它非如此不可：在残酷面前，美不再坚持，而是走向自己的反面，变得猥亵。正如漂亮的人羞辱他人，美丽的风景之上遍布着人类的痛苦，也正如柏油路上的蜥蜴头皮鞋，即便美丽的鞋啪嗒啪嗒让我忍不住回头。这则鞋的广告总让我忆起过去，独裁统治下，一个个鲜活的个体如何被折磨，被践踏。在我的想象中，广告上这只优雅的蜥蜴头皮鞋什么都做得出。我永远不想去拥有它，也不会接受别人的馈赠。我不能保证这只鞋，在我不经意间，不再重复它践踏一只手的习惯。

　　构思该广告的人，一定不了解暴力会使人疼

痛、会致人伤残。载满这样故事的一只鞋，不会使美更精致，而是借暴力对美的一种瓦解。广告原本用于提升产品的声誉，这则广告的效果却适得其反。在等公交车，推婴儿车路过，或是提着购物袋走过时，广告牌静止的样子成了眼睛每天不变的节目，盘踞在脑中挥之不去。人们内心给他人带来痛苦的底线一天天降低，国民对暴力的认知标准也随之降低。广告牌执着地出现在我面前，我不禁要问鞋厂和广告商：你们能负责任地告诉大家，你们要走向哪里？你们的蜥蜴头皮鞋的终点又在哪里？

我每天都暗下决心不去理会这则广告，却总是忍不住去看，它颇具反讽意味地作用于我。我如此喜欢的蜥蜴头皮鞋，被这则广告名誉扫地，商家以后不必再指望我成为他们的客户了。我怀疑广告商并不是一无所知，他们只是太现实：反正多数人都不会往坏的一面想，他们是忠实的客户，广告可以促进购买力。至于少数几个较真儿的，放弃了也不可惜。

父亲出门前，我常看他往鞋上吐唾沫，用抹布蘸着唾沫把鞋擦干净。被口水吐过的鞋锃光瓦亮。人们习惯在蚊子叮咬过的地方，刺扎过的地方，在烧伤和被擦破的胳膊和膝盖上吐唾沫，蘸着唾沫擦袜子和大衣上的污点，还有粘在皮肤上的脏污。小时候我常想，口水真是万能的好东西，沾在皮肤上还冬暖夏凉。后来，读到有关党卫队和国防军（1935—1945）的文章，提到他们如何纪律严明，靴子随时保持光亮，我想，父亲往鞋上吐口水的习惯大概就是那时养成的。正是这些不引人注意的小事，最能让人看出他身体里的那个党卫军士兵。我有几个上大学之前在罗马尼亚部队当兵的朋友有过类似的经历。在颓败的罗马尼亚军队，士兵们也热衷于这种擦鞋方式。没有足够的子弹供他们训练，子弹太贵了。擦鞋没有鞋油，但有口水。训练射击的时间越少，练习擦鞋的时间就越多。一个中提琴手朋友奉命为他的上级擦了三天鞋，直擦到嗓子吐干，手上起满了泡，之后几个星期都拉不了琴。

最近，我读到另外一些有关士兵和口水的故事，是彼得·纳达斯（Peter Nadas）描写的1968年匈牙利部队和华沙公约国武装入侵捷克的情景。布拉格春天被镇压，"匈牙利军车在前往布拉格途中，挡风玻璃被大量口水糊住，雨刮都失灵了。匈牙利士兵在挡风玻璃后面颤抖着、哭泣着……"这里，口水成为平民对抗军队的一种武器。

我们村里，如果孩子长得和父母特别相像，大家会习惯说：这孩子像是从他爹（妈）脸上吐出来的。我出生的小地方，和口水一定有某种奇特的天然关系，否则原本贬义的词在我们那儿成了中性的甚至是褒义的。不过，我们在形容一个人时也会这么说：他简直坏得像唾沫，一句简短却是最恶毒的骂人话。吐口水和说话大有关系。纳达斯的例子说明，在词语不足以表达对他人的蔑视时，口水是更有力的武器。朝某人吐口水比骂他还要厉害，那是一种激烈的身体冲突。

罗马尼亚语和大多数其他拉丁语种一样，听上去灵巧而柔软。一个词可以在韵律中轻快地飞进另一个词，任何情况都有适合它的韵律、格言和固定用法。流畅的话语在跌宕起伏和起承转合中穿过每一个日子。与听笑话一样，我们总要多听一遍才知道自己是否接受。"吉卜赛人远看才是人。"……当春天来临，白昼一天天长起来时，他们说"白昼一天比一天长出一只鸡脚来"，反之，到了秋天，就是"白昼一天比一天短一只鸡脚"。语言的想象力就是这样，它在耳朵无花果（德语：耳光）和天鹅绒爪子（德语：柔软的小爪子）之间荡来荡去。

德国南部的一个熟人曾向我提起他的一段童年往事。战后，小孩子们在除夕夜流行玩一种长捻儿爆竹，叫犹太屁（Judenfuerze），但他一直听成是柔道屁（Judofuerze）。他以为这种爆竹和柔道运动有什么关系，十七岁之前他一直都这么认为的，每次去商店买炮或央求大人的时候都叫它柔道屁，父母和售货员也没纠正过。后来当他知道了真实名字的时候，他为自己在每个除夕夜放的爆竹感到羞耻。那时，父亲已经过世，母亲还健在，但他一直无法启齿去质问她，在经历了奥斯威辛之后，她怎么还能随随便便叫出这种反犹的名字。我问他为什么张不开口，他只是耸耸肩。

无论过去还是现在，语言无时无处不是政治的范畴，因为它和人与人之间的行为密不可分。语言总是存在于具体事物中，因此我们每一次都要凝神谛听，探询言语之下暗藏的深意。在与行为密不可分的关系中，一句话可能容易接受，也可能难以接受，也许美好也许丑陋，或好或坏。总而言之，在每一句话语中，也就是说，在每一次说话的行为中，都坐着别的眼睛。

国王鞠躬,国王杀人

常常有人问,为什么我的作品中总出现国王,却很少看到独裁者?那是因为,"国王"听起来比较柔和。又有人问,那经常出现理发师又是什么原因?因为理发师丈量头发,而头发丈量生活。

在小说《狐狸那时已是猎人》中,孩子问理发师:"那个把猫扔了的男人什么时候会死?"理发师往嘴里塞了一把糖果,说:"等他的头发塞满一只夯实的麻袋,等麻袋和他一样重的时候。我把所有人的头发装进麻袋,直到麻袋被夯实被填满。"理发师说:"我不用秤的,我用眼睛称头发。"

在我还不知道独裁者,在我还未开始写作之前,很长的一段时间里,理发师、头发和国王就这样走到了一起。

国王在世像条狗或一只小牛,
死后皇冠粘在头上一半苦胆一半是瓜。

发丝下所有夏雨让它们悄无声息的天使
潜入玉米秸，它们都曾是
国王卫士。

我长大的那个偏远乡村，没有柏油马路，只有颠簸的土路。但国王认识这条路，否则我们不会相遇。他和童话里的国王毫无关系，因为我没有一本童话书。他来自现实的世界，来自我们共同的经历——我祖父的象棋。祖父的象棋和他的头发有关。第一次世界大战中，他被关在战俘营，在战俘营里刻过象棋子。

祖父的头发一绺一绺落下，营地理发师把树叶揉碎，用汁液涂抹他的头发。理发师酷爱下棋，无论在哪儿，一有机会就要来一局。他从老家带来一副棋，七颗棋子儿在前线混战中丢了，下棋时只好用面包块、羽毛、小树棍儿或小石子之类的东西代替。几个星期后，祖父的头发长得又厚又密的时候，他开始琢磨给理发师带点什么见面礼。他在营地发现了两棵树，一棵浅蜡，一棵深红。于是他用两棵树的树枝刻了那七枚缺失的棋子，送给理发师。事情就是这样开始的，祖父说。刻棋子拉近了他和象棋的距离，让他觉得，如果不了解棋子在棋盘上扮演的角色，就好像缺了点儿什么。于是祖父开始学下象棋，下棋不仅缩短了漫长等待时的乏味，也给生活带来些许依靠。棋盘上，大脑和手指虽没有进入真正的生活，那也算是生活的一种变奏。人们生活在被撕裂的一段时间，坐在那里回首记忆中的故乡，期盼着早日回家。大家逃进棋子，遁入游戏时光，不必再忍受时间的空乏。从战俘营回到村子后，和理发师一样，象棋也成了祖父的嗜好。

有了雕刻那七个象棋子的训练，加上回村后漫长的时光需要打发，祖父把刻棋子的手艺继续下去。树上的木料唾手可得，他给自己刻了一套完整的棋子。他刻的第一颗棋子是兵[1]，他说，因为打仗以前他就是农民，回家后还要继续当农民。

给我讲述这些往事的时候，祖父已经拥有了一副商店里买来的正规象棋，所以我可以玩他那副自制的、缺了四颗棋子的象棋。里面我最喜爱的是两粒（国）王，那蜡白和暗红的。棋子经年累月已经陈旧肮脏，变成灰白和深褐，像阳光下干涸的土地，

---

1 兵在德语中是农民。——译注

和雨水浸湿的土地。所有棋子都有裂缝，摇摇晃晃，雕刻时新鲜的木质在里面随意枯干，让每颗棋子最终的样子各不相同。最歪的那两只，腆着肚子弓着背、一副老态龙钟模样的，就是两个王。他们脑袋上的皇冠歪了，而且刻得过大，跌跌撞撞的。几十年来，祖父每周末都会下象棋。后来，下棋的朋友一个个离开人世，为了凑热闹，他只好在礼拜日去打牌。他运气好，每年，他隔几个星期去看望嫁到邻村的姐姐，有一次在她那儿遇到了一个用他的话说是"真正的"棋手。此后，他每周三都坐火车去邻村下棋，也经常带上我。我们村住的都是德国人，他们村是匈牙利人。姑奶的木匠丈夫是匈牙利人，那个象棋手也是匈牙利人。我祖父下棋的时候可以尽情享受他的两个爱好，因为他也喜欢说匈牙利语。每次去他都带着我，这样他在下棋时我也能学点匈牙利语。

祖父的木匠姐夫经常穿一件大罩衫，罩衫上披满了木屑，只在胳膊下面能看出原本褐色的衣料。他头戴木屑巴斯克帽，头上是木屑太阳穴和木屑耳朵，浓密的木屑八字胡。他会做家具、木地板、门窗、带卷门的童车，也做熨衣板、砧板、煮饭勺这样的小东西。还有，就是棺材。

柏林墙倒塌后，媒体上经常能看到有关东德用语的报道。这些词语在人们口中重复时，变成构词和内容都极其糟糕的"词语怪物"。在东德，圣诞树上的小天使叫"岁末飞人"，舞台下人们挥舞的三角旗叫"示意元素"，冷饮售货亭是"饮料基地"。有两个词让我感觉很亲切，使我想起木匠姑爷爷家里的情景。一个是棺木，在东德叫"地下家私"，另一个是安全局下属的一个部门，负责干部节日及忌日之类的事务，叫"悲喜部"。"岁末飞人"是为了避讳"天使"，"示意元素"在回避"小三角旗"，仿佛小化词会使"旗帜"受伤似的，"饮料基地"则是军事化了的商亭，也许东德的干部们在那里用瓶子解"自由之渴"。这些表达方式就像一幅笨拙无声的意识形态词语讽刺画。"地下家私"和安全局的"悲喜部"我并不感到奇怪，我在其中听到了对死亡的恐惧。死亡无所谓地位尊卑，它打破了显贵和小人物之间的界限。统治集团不愿与"凡夫俗子"为伍，但在这权力唯一无法企及之处，社会主义英雄和国家敌人没有分别，每个人都是独立的个体，即便马克思或列宁，昂内克或米尔克也都无能为力。以马克思主义原则创造的"地下家私"代替棺材，似乎并没有排除上帝在它内外的存在，上帝在被否定的同时也被思考着，虽然没有明确"复活"，却也将一剂慰藉注入死亡，暗示来生。既然有地下家私，那它们一定被安放在地下的某个房间里。这么看来，涂满防腐剂的列宁住红场的别墅，普通百姓在墓地里住个单间，倒也合乎逻辑。

穿着木屑罩衫的匈牙利木匠并不会讲东德德语，但他每天都在做着"地下家私"。棺木是他工作间的一个成品，一件人死后被放进去然后一同埋入地下的家具。他所有的木工活儿乱七八糟地堆在工作间，哪儿有空就放哪儿：一辆童车可能放在棺材的旁边、上面，甚至可能是它里面。木工房的作品代表了人从生到死，一路需要停靠的每一个驿站。炒菜勺、砧板、熨衣板是生命时光的触角，在衣柜、床头柜、床、凳子和桌子中间，棺材只是一件稀松平常的家具。所有物品一目了然。它们站在那里，比任何言语的表达更清晰，无须什么有关生与死的废话，它们就是人在生和死时实实在在需要的东西。

在我眼里，木匠是万能的，整个世界都是他创造的。对我来说，世界不是云游的天空，也不是青草茵茵的玉米地，而是一成不变的木料做的。木匠把木头随意放到哪里，都可以阻止地球上飞逝的季节，无论是荒芜裸露，还是绿草绵延的季节。这里的死亡之日陈列馆，全部是表面光滑、棱角分明的材料，是灰白到蜜黄到深褐覆盖下的清澈。色彩在这里不再游荡，只为各自浓浓地抹上一笔。它们不再是风景四处飘舞和铺张，只呈现一种沉静的特质，一种安宁的明晰。它们不会让我害怕，在我触摸时静静地候着，让宁静在我体内弥漫。门外，四季一个紧追一个，直到把前面的吞噬，而木工房里的棺木并不急于靠近肉体，它是死者最后的床，耐心等待着人们用自己把死者抬走。木匠有个缝纫机，用来给棺材做配套枕头的。"这白色的锦缎，"他说，"像是国王的用度，里面装满了刨子幽灵。"那长长的、从刨子里落下的卷卷的东西不叫"刨花"，而是"刨子幽灵"。我喜欢这个词，那时就喜欢，用幽灵而不是用树叶、稻草或锯末做死者的枕头。幽灵原本住在活着的树冠里，树枝被砍下被锯开后，它也随木料落下来。亚历山大·沃纳在他的小说《墙内之窗》中写道："要了解真相，就要从混迹于和我们无关的所有词语中找到那些和我们相关的。""刨子幽灵"就是一个与我相关的词。

刨子幽灵沙沙作响，闻起来有一股苦味。祖父在阳台上下棋的时候，我在木工房用短刨花做假发，用长刨花做腰带、裙边和围巾。一个大盒子里装着金色的字母，油漆的气味辛辣刺鼻，木匠用这些字母拼出死者的名字，粘到棺木上。我用它们做戒指、项链和耳环。如果是现在，这些刨花和烫金的字母会让我感到害怕，但那时我见过太多的死人，他们活着时都是我熟悉的，我记得他们说话的声音，他们走路的样子，常年看他们穿什么衣服，吃什么饭，如何在地里干活，怎么跳舞。有一天，他们躺进棺材，还是原来的那个人，只是不会动了，渴望着别人最后来看他们一眼。他们还想再重要一次，躺在雕刻精美的马车里，像躺在行走的阳台，在音乐的陪伴下，在村中招摇一番。上帝从他们身上拿回了他的物质，周遭连同四季把他们一起吃掉。我把金色字母挂满一身的时候，从未想到过死者，我只是佩服木匠姑爷爷，在死人被抬走的时候，为他们准备了金色的名字有盖的床，还准备了刨子幽灵做的锦缎枕头。有的棺材像栅栏一样垂立着，一个挨一个，有的装满刨子幽灵横躺在地上。我从没看见棺木上有金色的字母，没看见他缝过枕头，往里面装刨子幽灵，也没见他卖过一副棺材。姑奶奶中午来送饭，怕饭菜凉了，有时会把它们放进一口棺材的刨子幽灵里。

木工房里是刨子幽灵和国王用度般的白色锦缎枕头。棋盘上方，祖父蹙着额头，摩挲着颧骨。有时是他，有时是他的对手，用王把对方将死。坐夜车回家的路程不长，耀眼的夜色从天空倾泻而下，无与伦比。月亮有时像马蹄铁有时像一颗杏挂在空中，屋顶上的风信鸡像吵吵闹闹的象棋子，朝着与火车相反的方向跑去。有的风信鸡像王。第二天，草地上的公鸡，头上也顶着皇冠而不是鸡冠了。我每星期三和星期六都要杀一只鸡，这活儿和削土豆皮、抹灰没什么两样，我做起来老到而麻木，仿佛是注定一辈子要做的家务。村里，杀鸡是女人的活儿，看不得鸡的痛苦、不能见血的女人，是没用的女人。最多是男人刮胡子的时候不应该见血，很少听说女人——人们常说的没用的女人——不能见血。我兴许是后来才没用的，那时我还挺有用。

在我的梦境中，各种物件总是纠缠在一起：我剪开鸡肚子，里面有一只装满棋子的首饰盒，黑的白的棋子变成红的蓝的，棋子又干又硬。如果鸡在草地上跑来跑去，一定能听到棋子在它肚子里哗哗作响。我从鸡肚子里取出棋子，按颜色把它们排成两行。只有一只王，他晃晃悠悠，像在鞠躬。王是绿色的，鞠躬时变成红色。我把他握在手中，感觉到他的心跳。他害怕了。我咬开他，里面是柔软的黄色，他的肉是甜的，像杏一样。我把他吃了。

所有事物都有它们自己的（国）王。每个王出场时，都会向别的王点头示意。王们不会离开自己的物体，但他们互相认识，在我的脑子里相遇后合为一体。他们其实是一个王，被遣到各处挑选赖以生存的新物质：象棋里的木王，风信鸡里的铁王，公鸡里的肉王。组成这些物体的物质，在仔细观望时发现大脑中发生迷失的起点。事物的平凡处暴露出来，物质变成了人。同类事物间出现了不同等级，我和它们之间的差距更大。我必须应对自己展开的对比，却不得不败下阵来。和木头、铁皮或羽毛相比，皮肤是最脆弱的物质，我只得依赖国王时好时坏的权力。

公鸡住在羽毛屋。

树叶屋里林荫道。
兔子住在皮毛屋。
水屋住着一个湖。
巡逻队在拐角屋，
碰到某男从阳台，
纵身越过接骨木。
又是一个自杀者，
纸屋住着确认书。
发髻住着某女郎。

这首剪报诗是我后来对拼凑起来的村庄国王思考的结果。不过，角屋的巡逻队，纸上被伪造成自杀的谋杀，都是城市国王的作为。他是国家的王，在河界将生死玩弄于股掌之间：把他讨厌的人悄悄扔出窗外，扔进火车或汽车的车轮下，扔进桥下的河中，或者把他们吊死，用药毒死……，然后把杀戮伪装成自杀。他让训练有素的猎犬撕咬那些企图越境的人，让他们暴尸荒野，农人在收获时发现的已是腐烂了一半的尸体。他命手下沿多瑙河追捕逃跑者，让船桨把他们碾碎，去喂鱼和海鸥。每个人都知道这些天天在发生，但谁都没有证据。一个人消失的后面，只有沉寂，只有亲朋好友怒目圆睁。城市王不会暴露自己的弱点，他蹒跚时人们以为他在鞠躬，他鞠躬时却在杀人。

> 我的王不会随便说说，
> 我爱你们大家所有。
> 他尖尖嘴的皇家犬，
> 身着草绿华美制服，
> 佩戴波纹的铁项圈。
> 雪花在夜晚的提灯下飘扬，
> 犬的跳跃与呼吸一样，
> 像某人尽失人间之爱，
> 清晨躺在狗腹中安身。

村庄国王"微微鞠躬"，他摇晃着，仿佛周围的一切都在摇晃。我们生活的地方自我蚕食，直到连人一起吃掉，直到人们死在自己手上。只有城市国王践约着"国王鞠躬国王杀人"的后半部分。城市国王的手段是恐怖，不是村人与生俱来的害怕，而是有计划的、贯穿神经的、冷酷地强加于我们的恐惧。我从村庄花边来到城市的柏油路地毯，这里虽然没有死亡之日的陈列馆，但国家制造的死亡——镇压——却爬上脚踝。头几年，这些随处可见的恐怖场景只发生在陌生人身上，我只在一般意义上感到害怕。离得近，为了不看见，远远躲开，想弄明白镇压针对的是谁。起初，这一切只发生在外围，从未触及我本人。出自本能的强烈同情一时攥住我的神经，然后又离我远去。看到围观的人群中有人被逮捕、被殴打、被踩踏，我攥紧拳头，紧闭双唇，指甲深深嵌入掌心，直到掐疼为止。我继续赶路，感到上腭干燥，喉咙冒火，步伐僵硬，仿佛胃和双腿充满了腐臭的气体。内心充满因无力阻止恶行而产生的软弱和罪恶感，以及事情未降临于自己的卑劣侥幸。事实上，每个围观的人都可能是下一个目标。因为除了呼吸，没有什么还被允许。如果想整你，借口俯拾皆是。

几年后，我的一些朋友也开始被跟踪、审问，住所遭搜查，手稿被没收，人被大学开除，被抓捕。以前只是隐隐约约的压抑气氛，此时变成了具体的恐惧。朋友们在哪里被怎样地折磨着，我都清清楚楚。我们经常一起商量对策，在诙谐与恐惧之间，鲁莽而烦乱地寻找出路。但既然不改初衷，就不可能有出路。迫害开始一步一步走进我的生活，几年后终于落到我自己身上——他们让我刺探工厂的同事并向他们报告，被我拒绝了。于是，朋友们经历过的审问、搜家、死亡威胁，也一一发生在我身上。过了一段时间，我大致能判断出，下一次审问时，下一个工作日，或是下一个街角，会有什么样的陷阱在等待着我。

我知道，目光因恐惧而放大，不论说话还是写作，大脑的迷失离所有现存的语词远去，但有关两个朋友的死，我还是有义务写点什么。像当年在宽广而碧绿得放肆的山谷为奶飞廉取名一样，我也为我们共同拥有的恐惧寻找适当的词。我想告诉大家，在今晚、明早或是下个星期，当生命的存在不再理所当然之时，我们彼此赋予了怎样的友情。

"因为害怕，埃德加、库尔特、乔治和我天天聚在一处。即便一起坐在桌边，和我们来时一样，恐惧依然在每个人的内心独立存在着。为了掩饰，我们不停地笑，但恐惧还是会脱离它的轨道。你控制了表情，它会溜进声音，你将表情和声音牢牢掌控，它又会离开手指，冲出皮肤。它附着在周围所有的物品，我们能看见各自的恐惧停在哪里。深刻的了解和依赖让我们常常无法忍受彼此。"

审问我的人轻蔑地说道:"你以为你是谁!"这不是问句,正因为不是问句,我更要抓住机会:"我是和你一样的人。"这很有必要,对我很重要,因为他跋扈得似乎已经忘了这一点。在暴风骤雨般的审问中,他骂我狗屎、垃圾、寄生虫、母狗,平静下来的时候叫我妓女或敌人。在审问间隙,他需要我填补他当班的时间,我像一块被揉来揉去的破抹布,只为展示他的敬业和权力而存在。离下班还早,他就在我身上做疲劳实验,极尽讽刺挖苦之能事,反刍着他已经咆哮了无数遍的废话。我不能走,否则钟表的嘀嗒就失去了意义,否则他就失去了折磨人的对象。每次咆哮过后,他会在我身上玩猎"人"游戏,练习不能中断,也是他惬意的休闲方式。审问者的每一种情绪都有固定模式。童年时有关"生命意义"的问题于此显得陈腐,这样的问题只能在心里把玩,摆上桌面会给人逆反的感觉。天性中的固执使人热爱生命,让每一天过得有价值,学着热爱生活。告诉自己要活着,尤其这一刻我活着,这就够了,这比想象的更具有生命意义。它是经过检验的生命价值,和呼吸一样有效。生长于内心、抵御所有外部形态的生命欲望也是王，一个难以驾驭的国王。我了解他，所以从来没有尝试用词语去表达，我把他的名字藏了起来。后来我为他想出了一个词叫"心兽"，这样可以不必直接说出就能称呼他。多年后，当这段时光离我远去，我才从"心兽"走到那个真正的词——"（国）王"。

> 国王微微鞠躬，
> 夜如常步行而来，
> 从厂房屋顶漫到河中。
> 两只颠倒的鞋，
> 早早就闪烁霓虹惨白。
> 一只踢向嘴将它封杀，
> 另一只将肋骨踢软。
> 霓虹的鞋在清晨熄灭，
> 野苹果风趣，槭树羞红了脸，
> 天边的星星像爆米花一样行驶。
> 国王鞠躬国王杀人。

方言中的韵律很早就将我引向国王：allein-wenig-koenig（独自-少-国王），我在山里放牛时学会了把玩韵律与祖父象棋里的王：alleinig-wenig-Kenig。我熟悉方言中押韵的墙报、经文和天气谚语，小时候我对它们很认真。进城后，少年的我开始嘲笑这些玩意儿。高中岁月都消耗在了歌德、席勒的长篇叙事诗，重音总放在最后一个音节，像敲地毯一样没头没脑打着节拍："穿过夜和风？／父亲与孩子"或"雷诺迎着朝霞出发／从沉沉的梦境醒来：／'威廉，你是不忠，还是死了？／你还要犹豫多久？'"更糟的是那些颂歌："我爱这片土地，它托付给了我／托付给了你，还有你，和所有的劳动人民／她的话语亲如母亲／为着和平，为着社会主义，为着幸福和力量。"韵律在这里磕磕绊绊，敲地毯也敲不出节奏来。如果连续朗诵六七段，听起来头上像被打了洞，令人感到一种难以忍受的韵律恶心。后来接触到特奥多·克拉默（Theodor Kramer）和英格·米勒（Inge Mueller）的天才诗句，我在其中感到一种小心翼翼的、敏感的节奏，仿佛诗人在创作时，呼吸在太阳穴的盒子里轻叩。我沉迷于其中，没费多少力气就能倒背如流。这些诗句注视着我的生活，它们就是我的生活，和我说话，自行走进我的大脑。我太爱这些诗了，以至于我不敢去探究它们是如何产生的。我到今天依然认为，无论怎样下功夫都无法使我们接近二位作家的独到之处。后来，我开始从报纸剪下需要的词，起初并没想到拼凑成诗，只是因为我经常出门旅行，想给朋友们捎个信儿，信封里塞点自己的东西，而不是本位主义摄影师镜头下的明信片。在火车上看报时，我把残缺的图片和词语粘在一张白色卡片上，或拼成一两个句子，比如："由此可见这个执拗的词"或"如果一个地方是真实的，它就会轻触渴望"。我先是惊异于报纸上零散的词也能有所作为，接着韵律就自然流淌出来。我在家剪报的习惯由来已久，我把它们随意铺在桌子上，看着看着，它们自己就组成了诗。基于对特奥多尔·克拉默和英格·米勒的诗句的信任，我接纳了那些未经加工、在桌面上偶然组成的诗句。这些词互相认识，因为它们必须分享一块不大的地方。我无法把它们赶走，诗兴渐次浓厚起来。

从一开始我就会剪下所有见到的"国王"字样，绝不会把它留在报纸上。有一次，在拼贴之前，我数了一下，桌上并排摆着二十四个"国王"。我把第一个"国王"放进句子里，韵律随之飘然而至。这说明，通过诗歌能够接近国王，我们可以请他出场，诗韵将国王逼到他引发的心跳节奏，然后划一条光滑的弧线进入他制造的惊惶。韵律盘旋而起，整齐划一。整个诗句换步行进，与其他诗行协同一体。我们也可以逆向梳理韵律，把它们藏在句子中间，然后看它们如何将丢掉的又吞回去。句末的韵律可以浓墨重彩，立体展现，但阅读时不宜强调，要隐藏在声音里。

"国王"在小时候就已植根于我的脑海。他隐身于事物中，即便我一个字不写，他也存在着，以一个家喻户晓的恶人形象出现，为着掌控生活中出现的新的错综复杂。国王现身之处，不会见到仁慈。然而，在生活远离可表达的范畴时，他可以整理生活，无须词语就能对付其杂乱无章。国王一向是需要被经历的，而不是被说出的词，靠说话无法与他接近。我和他一起度过了很多时光。在那些时日，恐惧或多或少一直伴随着我。

"心兽"与被经历的"国王"不同，是一个被写下来的词。它在纸上诞生，写作时用来代替国王，因为我在死亡恐惧中必须为生命渴望找一个词，一个我当年在恐惧之中无法拥有的词。我需要一个像国王一样的双刃词，胆怯而专横，能进入身体，成为一个特殊的内脏，一个可以承载周围一切的内在器官。我想与住在每人身体里的无常对话，那住在我心里也同样住在那些强势人物心里的无常。它不认识自己，被以不同方式填充着。随着偶然的进程与内心愿望对我们的改变，它有时驯顺，有时狂野。

到德国后的第一个除夕夜，午夜时分，国王突然出现在派对上。当时，客人们都在铸铅。我注视着勺子里熔化的铅在凉水中滋滋冒气，凝固后成为一个全新的模样。我心里清楚，国王也是这么出来的，心兽亦然。大家让我也来铸一个自己的新年幽灵铅，我不敢，笑着抽身离开，我怕他们看出破绽：神经极度破裂的人最好不要铸铅。别人心里充满明亮的幻想，而我顾虑太多，我怕幽灵铅会封锁我的心兽，让它整整一年都来烦我，在我想抓它时捆住我的手脚。还有——这恐怕是同一问题的延伸——我担心大家从我的匙子里爬出来的东西上，看出我内心的残破，看我如何努力用"心兽"来定义我的内心状况。

弗里茨·朗令人压抑的电影《绿窗艳影》中有一句台词："你进入了一个几分钟前还完全无法预料的情境。"我意料到了，我意料到这铸铅游戏会暴露一些我不愿意料之事。

国王追赶着我，从乡村来到城市，又从罗马尼亚来到德国。他是一些我永远无法明白的事物的反映。当大脑迷失、词语失灵时，它就成为这些事物的代言人。所以，每每遇到这种情况，我都喜欢说：啊，国王来了！

我到德国后，朋友被发现吊死在自己的住所。我离开而亲友们留下的地方，国王又在鞠躬杀人了。他叫罗兰德·基施，年仅二十八岁的建筑工程师，寡言少语，话音轻柔，不事张扬，喜欢诗歌创作和摄影。我被宣布为国家公敌后，不论我在罗马尼亚还是在德国期间，他从未像别人一样宣布与我断交。我定居柏林时，他不顾自己安危依然不断给我写明信片。出于担心，我希望他和我断交，同时又盼望收到他的来信，因为这意味着他还活着。他最后的消息，是他死前几个星期寄来的一张黑白照片，照片上是我们经常散步的一条街，在我走后变化很大：街上新铺了有轨电车道，轨道上长满半人高的野胡萝卜，开着金边白伞花，似乎在预示某种危险的信号。我抬脚离开之后，我们之间的距离拉大了，随性的交往被没收，无法直抒胸臆，阅读来信时需要在它的小生境中寻找隐蔽的含义。野胡萝卜是我们分离的意象，我想，也许所有必须注视着人类无望的植物，都可能变成野胡萝卜。卡片背面只写着一行字，字体很小，仿佛没打算填满纸上的空白："有时我只有啃啮手指，才能感觉到自己的存在。"

以后不久他就离开了人世。这句话的分量，比它所有的词加起来表达的内容都要重得多。它引领我们走到词语无法自我忍受之处，包括我们引用它时需要使用的词语。不是因为这句话，而是因为这个人，人不应该像他一样，待在这样的一句话里，但他也是逼不得已。他死去的日子很贴合这句话的境况，是五一劳动节，一个社会主义的伟大节日。在劳动节这天，热衷于草菅人命和立纪念碑的独裁者干掉了一个建筑工程师。听到这个消息时，我感觉国王扼住了我的脖子。试想，你晚上独坐家中，有人敲门，你开了门，然后就被吊死。邻居们回忆说，当晚他们不只听到一个人的喊叫，但没人去帮忙。尸检的要求也被拒绝了，因为国王不允许别人看他的牌。官方的结论是自杀，余下的问题只是：他们原本就计划吊死他呢，还是他反抗时头被套进了绳索，抑或是审讯和拷打致死，刽子手们不知该如何处理尸体，又把他吊上去的。吊死是事先预谋的，还是因事情没有按计划进行，只好在匆忙中，在轻蔑里，或仅仅是为了好玩儿，临时的一个处理办法。杀人者是职业特工，还是被雇佣或是被胁迫的罪犯？

朋友的死带给我的震惊，尸检被拒绝的事实，使我想起童年时经历的另外一件事——村里的桑葚国王。那是毫无争议的自杀，却不得不做尸检。他患癌症晚期的最后日子里，医生没有足够的吗啡，只能给他盘尼西林。他实在疼得无法忍受，与死亡定了个约会。他的后院有一棵桑树，上面靠着一把梯子。每年，他的鸡都学会在树上睡觉，一到晚上，它们顺着梯子爬上树冠，一排排蹲在树枝上睡，天亮以后，再顺着梯子下到院子里。死者的女儿说，通过几个星期的训练，他让鸡们熟悉了他，这样他在上吊的时候，鸡不会因受到惊吓飞起来，也没叫一声。那天夜里，院子非常安静，悄无声息。她三点醒来，起身去看看父亲。床上只有睡衣裤，人却不见了，柜门开着，衣架和他最好的一身西服也不见了。她当时的念头是，他可能想到院子里走走，减轻一点痛苦，可是那也不需要穿礼拜天的正装啊。

她大着胆子来到院子。月光如洗，庭院从黑暗中浮出，鸡们像往常一样蹲在桑树上。白色的，尤其是那些白色的鸡，她强调说，像陈列柜里的白瓷餐具一样泛着光泽。他就在鸡的下面，吊在一根树枝上。他是我的邻居。事情发生后，我再看那棵树时，脑子里经常发生错觉，我不断对自己说：他们用的是同一个梯子，他和他的鸡。

盘尼西林医生并不自责，他竟敢怀疑这不是自杀，坚持要做尸检。他把衣着整齐的死者的尊严从他最好的西装上扒下来，在一个炎热的夏天，在院子正中央，靠着桑树的梯子架起屠宰桌，扮演尸检专家。死者被解剖并放进他房子里最漂亮的房间后，棺木的盖子立刻被盖上。尽管如此，我还是觉得自己看见了他脖子上深蓝色的勒痕，像树上桑葚一样的靛蓝。正如鸡的头上有冠，他脖子上的条纹就是他的冠。死者辞掉了肉身的陪伴，走进另外一种宁静的物质，逃进果肉里。带着脖子上的勒痕和好西装，他把自己变成了树上有史以来最大的一颗桑葚。他是走入地下的桑葚王。

在亚历山大·沃纳的小说《墙中窗》里，出乎意料地，桑葚王也穿行在字里行间。他变身女人，脖子上的蓝色条纹换作首饰。女人脖子上蹲着我童年时的桑葚王。"她接过父亲递给她的玻璃杯，一饮而尽时，我注意到她粗壮的脖子上有一根黑丝绒带，上面挂着块奖牌。一个月后我们终于明白，父亲没错。我问他母亲是如何杀死自己的，这问题纯粹是个形式，因为我知道，杀死她的是这根黑丝带……恐怕这勒紧的颈带（手指稍微往里一钩，就能把她勒死）是她直直地躺着不动的原因吧。"

朋友死后，再看见绳子总让我感觉异样，我一直避免接触它们。公车上的悬挂把手我不会去碰，大衣挂到立式衣架上，好像脑子里响指一打，脚在里面停留片刻，便会离地而去。我在车站的书报亭买了张明信片，讲解各式领结的打法。领结是衣领下、环绕脖颈的再明显不过的绳套。这东西买得太轻率，我以为自己能坦然面对这领结的大阅兵。为了驱走恐慌，我长久地盯着它看，直到它不再让我心烦意乱。我把明信片塞到抽屉的最下面，一放就是好几年，我不会把它寄给任何人，也不想扔掉。

谋杀常常被导演成自杀。反过来，轮到自己人时，自杀也可能被说成是意外。所有中层以上干部都效仿齐奥塞斯库打猎的爱好，有人出于自愿，有的则是不得已。打猎成了干部们的一项体育运动，森林里的党员活动，连最偏僻的小地方官员也不例外。蒂莫什瓦的一个干部，因为厌倦了生活，猎鹿时趁人不注意，将一颗子弹射进自己嘴里。报纸的"纸房子"说，他在打猎时意外身亡。我认识的一位学生的父亲当时在场，所以了解真实的情况。我们生活在死亡威胁下，生命的短长全由国家定夺，看到这种报道时往往会生出许多苦涩的幽默。那位四五年后被吊死，却被伪装成自杀的建筑工程师朋友，听说了这"狩猎事故"时说："猎人原本的目标是鹿，但鹿却穿透了他的上腭。"我们就"上腭之鹿"编起了笑话，笑话又引出新的笑话，成了连环笑话："宁要手中麻雀不要口中之鹿"，或者"宁要村中教堂也不要柜下臭虫，宁要柜下臭虫不要棺上盖子"。每个人添点油加点醋，编出一篇即兴童话，一个由零星图像拼成的马赛克。一个压过一个，成了小组的一种诗歌练习，通过讽刺挖苦掩饰每个人心中的恐惧。游戏带出了一种活力，每人都把前面的句子进一步推向荒谬。我们的作品像德国童话一样中规中矩地开始："从前啊，"紧接着一个罗马尼亚式童话的开端："从前啊，和从未发生过一样。"

这样一个经典罗马尼亚式童话的开端，直指政府蹩脚的谎言，已经足够大家爆笑一场。我们还可以如此种种不断滚动下去："从前啊，和从前一样，当时啊，和从未发生过一样。从前啊，也无所谓怎么样。从前的某一次啊，数不清是第几次，和从未发生过一样。从前啊，从前的最后一次，打猎时啊，一个猎人，和别的猎人一起，不知道啊，总共是多少人。当四周啊，不知道方圆多少里，再没有第二个猎人的时候啊，除了这一个，也不知道那是几个猎人当中的第几个……"这种比对要不断升级直到顶峰，句子则变成迷宫。在纵横交错之中的某一个地方，猎人柔软的粉红上腭要赤身奔跑在森林坚硬的土地上，它必须碰到一只鹿，它得长大，长出皮毛和鹿角，和鹿接近到足够以假乱真的程度，最后被自己的主人一枪打死。具体如下："上腭和鹿彼此相像，像森林和森林相像，像树和树枝和树叶和别的树和树枝和树叶相像，像旗子或豌豆和别的旗子或豌豆相像，正如一个同志和另一个同志相像。"我们有个句子迷宫一览表，很长，那是我们的领土主权。我们把无数路径和弯道放进去，直到脑子里乱成一团。

  上面的内容是我自己新编的，原来的早已淡

忘，大致意思是一样的。对死亡的恐惧和对生命的渴望激怒了国王。习诗使我们更加渴望生命，不加掩饰的幽默笑话是对现政权解体的一种想象，同时也是给自己打气，因为我们嘲讽的对象随时可能终结我们的生命。与其说集体创作笑话给我们带来了愉悦，毋宁说那是我们偷来的一点欢乐。房间里的确有我们嘲弄的臭虫——窃听器。有时，我们已经记不得哪些内容是自己或朋友编的，在天知道第几次的审讯中，审问者倒回到这段已被遗忘的时间，用特工分析方法，就我们的"反动观点"个别对质，一字一句和我们清算。有时，他们还把整个故事翻译成蹩脚的罗马尼亚语，文字经他们翻译后幽默感荡然无存。审讯往往持续大半天，直到脑袋都不知道属于谁了。终于可以离开以后，我们坐在一起商量对策，如何在否认自己言行的同时不牵连别人。我们的故事被翻成罗语之后，政治风险没有降低，文学性却被严重歪曲，诗意丧失殆尽，这是我十分不愿看到的结果。审问时，连续几个小时的反刍让我渐渐忆起原文，我本能地想恢复原文中的诗意，但我必须忍住，否则岂不成了自我控告。

　　每次，当讯问者认为把我将死的时候，都会以一种胜利者的口吻说："你瞧，事物总是相互关联的。"他说得对。但他不了解，在我头脑里，有多少事情，又是哪些事情关联在一起是针对他的。他坐在一个抛光的大号写字台前，我面前是一张刨得不平的小三角桌。这对我来说已经是一种关联。"你瞧"，是的，我瞧见了，桌面上的许多凹痕，那是其他受审的人——对他们我们一无所知，甚至不知道他们是否还活着——刻的。连续几小时的审问，我必须一直盯着审问者，这让他成了国王。他的光头恐怕需要我祖父在战俘营的理发师来处理，他裤脚和袜边之间露出的小腿肚上一根毛都没有，泛着难看的白光。是的，在他头脑中，所有事情都联系在一起对我很不利，但我脑子里联系的是其他东西：如象棋子中站着一个王，微微鞠躬，审问者体内也有个王，是杀人的王。那是我刚刚开始受审的一次，一个夏日午后，刨子幽灵也来了。窗玻璃在阳光下泛着波浪形微光，在地板洒下一圈圈白色的光环。在审问者横穿房间时，这光环爬上他的裤腿。我暗自希望他踌躇一下，让光环爬进他的鞋，穿过脚掌将他杀死。

几个星期后，国王不仅走进他光头上消失了的头发，也走进我依然存在的发中。我们俩的桌子中间，明亮的光环又落在地板上，蛇一样盘旋着，比平时更长。外面风很大，光环飘忽不定。审问者一忽儿站起来，一忽儿又坐下，显得神经兮兮。刨子幽灵很不安，审问者一直看着它。我一动不动坐在那儿，是实实在在的存在。刨子幽灵只是个影子，像小丑一样跳来跳去，他在我和刨子幽灵之间失去了控制。他走过来走过去，在我桌边大声咆哮着，我感觉耳光就要上来了。但他举起的手，却从我肩膀上捏起一根头发，准备让它在两指之间落到地板上。我不知为什么突然对他说："请把头发放回去，那是我的。"他慢慢地——像慢镜头一样——把胳膊放到我肩膀上，摇摇头，穿过光环走到窗边，望着外面的树笑起来。他的笑带着回声，趁他笑的时候，我顺眼角看了一下我的肩头，他真把头发按原样放回去了。这一回，国王之笑也没用，他对头发插曲没有思想准备，从马鞍上被甩出去太远，落得个出丑。我感到一阵愚蠢的满足，好像我从此把他牢牢攥在手心一样。他的摧毁练习只在程序正常时起作用，除了按部就班，即兴发挥对他来说是一种冒险。这一切并不真实，是纯粹的臆想，但对我有用。

头发和理发师总是和国王有关。我和朋友们离开住所前，会把头发放在门把手上、柜子把手上、抽屉里的手稿上、书架的书上，机警而不为人注意的标志，能告诉主人他不在家时是否有过不速之客。"差之毫发""发丝般纤细""发丝一样精确"，对我们来说不只是固定用法，已经成为我们的生活习惯。

我在小说《心兽》中写道："我们的心兽像小鼠一样溜走。它们将皮毛扔到身后，消失得无影无踪。如果我们事后谈论，它们会更长久地滞留在空气中。写信时不要忘记写日期，永远记着往信封里放一根头发，埃德加说。如果头发不见了，就说明信被打开过。我心想，一根根头发，会随着火车走遍整个国家，深色的是埃德加的，浅色的是我的，库尔特和乔治的是红色的。"

我的朋友罗尔夫·波塞特，离开罗马尼亚去德国之前，一队秘密警察将他的家彻底翻了个遍，所有信件和手稿都被带走了。他们走后，波塞特拿起一把剪刀，默默走到盥洗室的镜子前，剪下一缕头发和一撮胡子。七个星期之后，人们才明白这疯狂剪刀是一次自杀演习。到德国六个星期后，他从收容所的窗户跳了出去。

男人的发型较之女人的具有更突出的政治象征，它显示国家对个人生活的干预，象征压迫的程度。

所有男人，一度或永久属于国家后，都会被剃光头，比如士兵、囚犯、孤儿院的孩子，还有犯了错误的学生。学校每天都会监督孩子们头发的长度——脖子到头顶的下半部分不准留头发，耳垂要有一指宽不能被遮挡。不只小学生如此，在中学甚至大学，头发的长度也沿用这个标准。理发馆按性别分开，男男女女在同一间发廊理发是不可想象的。国王要求男女有别，好让他能够一览无余。

我在翻看童年的照片时，国王也在鞠躬。我从自己每张照片的发型上，能看出母亲当天早上的心情。摄影师很少上村子来。我已经记不得当年的自己，是在什么情况下，站到村中间的一面墙前，或者院子里的一畦花前，或是教堂边铺满雪的路上，让人给我照相。照片上关于我的信息很少，更多是关于母亲的。从照片可以推断出以下三种状况。第一种：头发的中缝是歪的，两条辫子在耳后高低一样。说明父亲在前一天晚上只是微醉，母亲给我编辫子时心境淡泊，想着自己的事，手指习惯性地动作。婚姻总体可以，生活还能够忍受。第二种情况：头缝和辫子歪歪扭扭，我的头看上去像被挤过，脸颊错位。这说明父亲头天晚上喝得酩酊大醉，母亲一边梳头一边流眼泪。我成了一块多余的木头，像她常说的，如果不是因为我，她早就离婚了。第三种状况：头缝和辫子都很正，左右脑和脸完全对称。说明父亲前一天晚上回家时是清醒的，母亲心情轻松愉快，也能喜欢我了。不过显示第三种情况的照片很少。因为摄影师只在节假日来，平日里，我父亲在工作时间也会喝点酒，但节假日他唯一的消遣就是大醉一场。他没有别的爱好，不像别的男人那样喜欢下棋、打牌、玩保龄球，他也不会跳舞，只是端着酒瓶站在一边看别人玩，直喝到眼睛臃肿，舌头变大，双腿发软。从我的相片也能倒推出他的三种状况，第二天通过梳齿钻进我的发型里。

母亲的情绪从我的头发上显现，或许也是因为她在之前的几年中，被流放到苏联强制劳动的缘故。她在杀人国王的劳动营里待了五年，这五年一直处于饥饿状态。她十九岁被流放时，和所有同村的女孩一样梳着两根大辫子，在劳动营却常常被剃光头。

剃光头不外两种原因，一是因为长了虱子，二是实在饿得受不住了，从地里偷了几个土豆或是甜菜。有时，头发因为虱子已经被剃光，又被抓住偷东西，这让监管很犯难，因为光头之上没法再剃光头，这和被抽过的脊背上再抽鞭子不一样。光头长时间长不出头发，头发因不像皮肤那么笨，她说。有一张照片上，还是姑娘的母亲头发被剃光，身上瘦得皮包骨，怀里抱一只猫。猫也是皮包骨，和她一样，因饥饿而撕裂的深沉眼睛露出尖锐的光芒。每次看到这张照片，我总会问自己：人类对猫咪的爱何以使得正在挨饿的她与其分享食物？是因为动物拥有她自己没有的毛发吗？猫毛杂乱无章，头发长而怪异，好像部分肉体牺牲了自己用于毛发的生长，它疏离了自己的本质，走进另外一种非自然的物质中。

在德国，新纳粹分子为何无故将头发剃光？他们扛着变了形的头颅，像扛着干涸的或已消失的河床上的一块卵石，四处展示，意识不到这是自我扭曲，自我贬损，自以为是地扮演冷酷的兵痞。在他们野蛮的世界观里，光头成为一种高尚，给身体打上这种烙印以确立自己的归属。在这些鹅卵石脑袋里，个性被剔除，光头下的骨缝里坐着可怜的大脑，凭权力欲的心血来潮调动身体。把身体交给本能，成为攻击他人的工具。

我找到的有关国王的最早的剪报诗中，有一首这样写道：

> 一只手中，
> 站着国王。
> 坐在雨中，
> 就是这样。
> 我走进去，
> 不为遇到。
> 另一只手中，
> 站着国王。
> 他失败了，
> 就是这样。
> 我走进去，
> 头被剃光。

还有两件重要的事与国王有关：

一、祖父不再理发。他带着一头浓密的白发走进棺木。

二、祖父费了好大的力气，也没教会我下象棋。他怀疑我的理解力，我也懒得解释。我从未对他说过，我是多么害怕又多么喜欢国王。我知道大家会说：我的脑子装得太满，已经没有空间了。

沉默使我们令人不快，
说话让我们变得可笑

　　沉默不是说话过程中的一段停顿，而是一个独立的过程。我所熟悉的家乡的农人，没有把使用词语变成一种习惯。如果不谈自己，就没什么可说的。一个人沉默的能力越强，他在场的影响力就越大。我从同室而居的家人身上，学会了用面部的纹路、脖颈上的血管、鼻翼的抽动，或用嘴角、下巴和手指的示意，来代替对词语的等待。一群沉默的人，彼此注视着他人各怀心事在房子里走来走去。我们用眼睛而不是用耳朵去倾听，会产生一种舒适的迟缓，内心的想法被拖长后分量愈加钝重。这样的重量词语无法提供，因为词语不会停留，它们在话语将完未完之际就已悄无声息。词语只能一个一个、一个接一个地说出，前面的一句话走了，才轮到后面的。而在沉默中，它们可以一起到来。那些被我们久已淡忘，甚至从未提起过的话语，都可以依傍其中。这是一种坚固的、自成一体的形态。而说话是一条线,需要将自己逐一咬过,再重新编织。

来到城市,我奇怪城里人要说那么多的话,为着感觉到自己的存在,为着彼此成为朋友或敌人,或是为了索取或给予。尤其在谈到自己时满怀抱怨,言谈举止处处体现着傲慢与自怜,浑身上下透出大惊小怪的自恋。无论走到哪儿,嘴边都挂着被用滥了的"我"。城里人擅长巧妙地装腔作势,他们皮肤下的关节迥异于农民,舌头成了一个完整的另外的人。我怀揣长期练就的沉默,和天生迟钝的农人骨头,没有任何罗语基础(后来掌握得也有限)来到城市,无法开口说话。我用不同的自然环境解释城乡之间的差异。街道、广场、河岸、公园——到处是石子街道或柏油马路,它们不光比村子的马路平整,甚至比房间的地板还光滑,比黏土地的夏季厨房更适宜居住。一切很简单:脚踩光滑地板的人们,舌头也能不假思索地活动。相反,耕地坑坑洼洼,渴望腐烂(自然不便铺路)。柏油马路需要用说话来应对,耕地则需要骨骼沉甸甸的迟缓,人们不加设防将时间延长,明知土地贪婪,仍然让舌头沉默,让土地等待。柏油路上则简单得多,在不停地说话期间，死亡被抛到生活后面，而不是躺在下面。我开始不安并怀念故土，我一个人走出泥尘，却把他人留在村庄的土地上，那里盛开着所有死亡形式的陈列馆，人们除了等着被吃掉别无他法。在专制政府的死亡威胁触及我之前，我习惯了在平常生活中看到死亡——我常常想到它，它就会来找我。它在城市的沥青路消失的地方找我，坐在城市边缘，那或许也是我的童年渐行渐远的地方。蔬菜市场的水泥台子上，山里来的老妇叫卖核桃般大小的灰毛苦桃。苦桃和老妇脸上的皮肤一样，那是老妪桃。当稚嫩的杨树叶子微微泛红，散发老人房间的气味时，死神坐在公园里；浑黄的灰尘落下，蜡白的死神坐在街边开放的菩提树中。村庄也有很多菩提树，但城市的菩提气味不一样，我闻到柏油路上的菩提花香时总会想到"尸糖"这个词。小街上，门前的花圃里，大丽花关不住它翻卷的花朵的色彩，死神也在大丽花中找我。城里的植物，在我陷入威胁之前，都是一般意义上的死亡示范。即便我想到自己的死，也都是自然死亡，是肉体在厚实的柏油路上缓慢的凋零。后来，当我和朋友们生活在秘密警察的威胁之下时，这一切都不一样了。

被折磨了一整天，走在回家的路上，我脑子一片混沌，目光石膏一样呆滞，两条腿陌生得如同是借来的。此时此刻，植物代替无能的语言向我讲述发生的一切。它们用自己生就的香气、缤纷的色彩和婀娜的体态，连同它们植根的土地，一齐向我讲述。它们把刚刚发生的一切放大到无限大，为方便查找进行必要的压缩，与先前的经历整理在一起。大丽花告诉我，审讯是审讯者的职责所在，是他的日常生活和固定程序，小桌上的凹槽是其他受审者留下的痕迹，我只是众多案例中的一个，但又是个案。令我困扰的是，为什么是大丽花来告诉我这一切。这固定程序在我身上又具有特殊性，因此我必须独立思考，才能保护好自己。即便在我前后很多人经历了类似的审讯，我必须有足够的能力捍卫自己。大丽花了解我在审讯中的经历；知道我喜爱而不愿失去的人，被囚禁在小小的牢房；知道我怀了孩子，却不想把他生下来，因为不愿给他这样的狗屁生活，虽然堕胎被发现一样要进监狱。大丽花了解这一切，并给了我面对灾难的力量和信念。但我又如何向他人解释？

女友问我审讯的细节，我想把一切都告诉她，但"一切"只意味着所有能用语言表达的部分。我向她讲述了整个事情的经过，可是有关对岸的一切，有关植物在回家路上为我一一诠释的，我丝毫没有透露。关于老妪桃、尸糖和大丽花我也只字未提。沉默与说话同等重要。沉默可能让朋友产生误解的地方，我需要说话，说话将我推向歧途之时，我必须沉默。我不想让她感到害怕或是感觉可笑。我们是要好的朋友，几乎天天见面，但我们之间很不相同。差异将我们紧紧联结在一起，我们都需要对方身上自己所没有的东西，这种亲密无须语言的表白。她不了解我的感觉方式，与花草的冒失她也从未遇到过。她是城市孩子，我的感官跟跄的地方，她的感觉顺利滑行；我在迟疑之时，她已经上路了——这正是我喜欢她的原因。如果我告诉她，山谷中开放的百花是死亡形式的陈列馆，她会笑死的。她不懂得风景中孤独的痛苦，不理解对无法承受的瞬间公开的清算，对所有事物保有一种中庸的标准和客观的目光，永远不会去苦思冥想什么词语问题。她喜爱时装和首饰，像鄙视感官的破产宣言一样鄙视政权。政权也从不去理会她。她主修焊接技术，她的专业是建设性的、忠于国家的，我的工作却是破坏性的。她不懂德语，不知道我在写些什么。也许因为这个缘故，当局认为我们之间的友谊是纯粹闺密式的，没有任何政治因素。但她难以捉摸的天性却高度政治化，身体厌恶和拒绝卑躬屈膝，道德观念比某些政治理论和颠覆性空话更坚决。我很依赖我的这个朋友，她能将我心里的碎片修补完好。然而，她自己的身体却正在被死亡蚕食。她患了癌症，检查出来已经为时已晚，医生说还有三年的时间。我移居德国后，她来看过我，给我看她右乳被切掉后留下的疤痕。然后，她承认是秘密警察让她来的，让她来告诉我，我的名字在他们的死亡名单上，如果我继续在西方诋毁齐奥塞斯库，他们会干掉我。她在柏林一落地就等于出卖了我。她在承认出卖朋友的同时，却说自己永远不会背叛。两天后，我请她收拾行李离开。我送她去车站，月台上，我拒绝用手帕向她挥手告别，拒绝用手帕擦眼泪，我也不需要用手帕打结让自己记住这一切——结已经在脖子上了。

这次分别两年后，她死于癌症。爱一个人又必须离开她，因为她不了解自己的行为，不了解她对我的感情被利用来伤及我的生命。她把我们的友谊，借给了对她鞠躬却要杀死我的国王，以为还能从我这里得到一如当年的信任。为了对我撒谎，她必须欺骗自己，二者手牵手，彼此无法分开。失去这份友谊，是我至今无法摆脱的心结。我也要为她找到心兽和国王，因为这两个词是双刃剑的两片刃，出没于爱与背叛的丛林，忽隐忽现。我的文字已跃然纸上，表达却依然欠缺，我不得不继续追问："维系彼此的爱，为什么，在什么时候，以何种方式变成死亡的猎场？"我迫不得已抛弃了这段感情，心中却是挥之不去的自责，于是我借用一首美丽的罗马尼亚民歌，来结束我的女友的故事：

> 那爱过又离弃的人，
> 上帝应责罚。
> 上帝应责罚他，
> 用甲壳虫的步伐，
> 用风的呼啸，
> 和地上的尘土。

再说什么都是多余。这是罗马尼亚人十分熟悉的一首歌，它给我的安慰一如祈祷之于他人。一个人如果不相信祈祷，就请无声地歌唱。这首歌是我花圃里的大丽花，和大丽花一样将缺失整理到其他伤痛的链条。

我在欣赏植物的同时又害怕它们，这些毛茸茸爬行的、伸出细细花茎、举着深深锯齿扎人的叶子、扛着人头一样硕大果实的植物。南瓜和蜜瓜是沉默的头颅，刺目的肉脸向内生长。它们期盼重量，却无力独自承载，于是张开四肢，在地上匍匐着或爬上篱笆，避开果实的重量。它们身体脆弱，把头伸进田地粗壮的脖子，或垂直挂在篱笆的木头上。我在乡村天天对着这样的植物看，看得多了，教堂里的一句经文也变身为植物："人人承载他人的重负"（加拉太书 6.2）。从植物外观能够看出，如果掏空里面一部分会发生什么。我想在植物身上找些对人有参考价值的东西，但没有结果。父亲必须独自承担他酒鬼的生活，母亲的眼泪无人可以替代。我也会哭，但我们哭的缘由不同。她哭自己为什么嫁了这么一个醉鬼丈夫，稍加理论就舞刀弄棒。我哭是因为我希望母亲偶尔也会为我哭泣，为自己生长在这样一个家庭。为父的沉迷于酒精，母亲沉溺于丈夫酗酒的痛苦，弃自己的女儿于不顾，外公守着他永远的发票和表格，外婆手里总是举着阵亡儿子的照片和经书。

我们祖孙三代同居一所房子，同处一个庭院，沉默着擦肩而过。我们使用共同的物品，心却孑然离散。如果没有倾诉的习惯，也就不需要用词语思考，无须用说话提示自己的存在。这样的一种内心态度，是城市人不具备的，却是城市的大丽花所拥有的。习惯了这样的态度，就会无视人们的沉默。大家根本不想说话，只将自己锁进沉默中，用目光将他人环抱。

城里人喜欢问自己亲近的人："你在想什么？"我小时候没听到过这个问题，也没听到过有人回答："什么也没想。"这个结果往往不被接受，被人们理解为借口，试图转移发问者的注意力。我们喜欢假定别人总得在想点什么，假定他肯定知道自己在想什么。我却以为，人们可以"什么都没想"，也就是说，他不知道他正在想什么。在不用词语思考时，他就"什么都没在想"，因为他的思想无法用语言表达，不需要词语的轮廓。思想在脑中伫立，话语却飞走了。沉默躺着，躺在那里散发自己的气味，和我站在别人身旁注视自己的地方一样。沉默在花园中是金合欢的香味,或是刚刚割下的三叶草的气味,在房间里是樟脑或柜子上的一排桉梓味儿,在厨房则弥漫着面粉和肉味儿。每个人脑子里驮着他的楼梯,沉默顺着楼梯上上下下。"你在想什么"是个突兀的问题。人人都有许多自己的秘密,在谈工作或聊天时会无意间透露。秘密的存在能证明我们之间的关联,也证明着我和家人之间的从属关系。我注视他们的时间太久了,会使我害怕,对自己发生怀疑。这不怪他们,只怪我自己。构成他们的物质极具韧性,而我的质料却变得短命,这也证明了我的失败。

我前面提到过蜜瓜,因为那句"人人承载他人的重负"的经文变身为植物,借蜜瓜向我们昭示,如果思想用于谈话是荒谬的,沉默作为一种内心态度则可以异常平静地在头脑持续一生。我喜欢周日上午去教堂,这样可以逃避削土豆。家里人谁都不去教堂,我去了能够代表全家,给村里人看。让孩子去祈祷,上帝会明白家里的大人忙碌没时间。外婆是信神的,每天早晚都在家里祈祷。自打儿子战死沙场,她每年只去教堂一次,那就是阵亡将士纪念日。这一天,我总是坐在她身边,被巨大的玛丽亚石膏像吸引。我望着她天蓝色曳地长裙上的心脏，大大的，深红色，点缀着一些斑点。圣母用食指指着自己的心，仿佛在提请凡人注意。一颗画得很差劲的心脏，被乡村画家无意中变成了别的。这也是好事。有时，家里打发我中午去买东西，我会顺便去一下教堂。我独自一人站在那里，它就不再是教堂了。我不是去画十字和下跪的，我是去看玛丽亚的。蟋蟀在清凉的祭坛后面鸣叫，一如它们夜晚在院子里的叫声。我径直走向玛丽亚，仔细看她的心，舔着用剩下的钱买的糖果，在她的光脚边也放上一块。如果买了线、火柴、针，或者发夹，我也会给她放一点。有一次，我放了个图钉在她脚边，半路又返回去把它揣回衣兜里。我怕她踩到图钉。我从来没有向她祈祷过，也没送过花。

冬去春来，转眼到了夏天，我看到的玛丽亚的心总是一颗切开的西瓜。秋天，阵亡将士纪念日的时候，外婆也去教堂。我对着她耳朵说："你看，玛丽亚的心是半个西瓜。"她跪在众人中间，身子前后晃着，轻轻碰一下我的膝盖，小声说："也许吧，但以后别再这么说。"然后又晃几晃，好让人看着她是在祈祷，而不是在告诫我。回家的路上，她一带而过，好像根本没说话似的——她把有黑点的心和半个切开的西瓜简化成"那个"——，她说："玛丽亚的那个，不要再跟别人说起。"我很听话。有关玛丽亚的心，直到她死后，直到我进了城，直到我开始写作，都没再提到过。

表面看来，写作和说话很类似，但实际上，写作是一种独处。落在纸上的文字之于经历的事件，相当于沉默之于说话。我将经历转化为句子时，一个幽灵般的迁徙开始了。事实的内脏被打包进词语，学着跑步，跑向迁徙开始时还未知的目的地。为了停留于这样的意象，我在写作时，仿佛在森林里支了张床，苹果中放一把椅子，街上跑来一只手指。或者相反：手提包变得比城市还大，眼白比墙大，手表比月亮大。经历中有地点，头顶和大地之上有天空，或晴空万里或乌云密布，脚下有柏油路或地板；经历中有时间环绕，眼前是光明或者暗夜；对面有人或物。事件有开端、过程和结束；皮肤能感觉到时间的长短。所有这一切都不会因词语而发生。经历作为一个过程嘲弄写作，与词语无法兼容。实际的发生永远不会让词语一一捕捉，要描述它们，必须将其裁剪成词语，通过放大、缩小、简化、繁化、陈述、转化等一系列独特的手段进行再创作。经历最终只是个借口。写作时我们将经历过的事件拖到另外一片天地，试验每个词语的能力。不再是白天或黑夜、村庄或城市，而是名词和动词、主句和从句、节拍和音响、行列与节奏主宰着一切。被边缘化的实际的发生坚持认为我们用词语将一个又一个震惊强加给它，无法再辨认自己时又重新站到中间。我们必须摧毁它的自大，才能去描写它，从现实的街道拐到臆想的街道，这样才能与它更相似。

在这一过程里，我们可以让喜爱之物在保护下相互碰撞，粉碎在一个坏句子中。我在写作时也会想到，对我意义重大的一些事情，即便它们已经逝去，尤其当它们逝去时，也在阅读我的文字。我想通过词语与它们合作，这是我知道的能拥有它们的唯一方法，我按这一方法界定句子的好坏。这或许是写作中一种幼稚的、散落各处的小小的道德责任感。它过去是、现在也是超脱于任何形式的意识形态的对立面，因此也是制约它的最好方法。意识形态统揽全局，决定着文字被许可或被禁止。为了不跑偏，依傍于意识形态的作家们只在现成的作品中寻找新的形式，而且前提得是整体不被质疑。纯个体发自内心的道德感会激怒那些热衷于意识形态的人，因为它没有全局责任感，甚至很清楚自己的每段文字都会离开预定轨道，逃离意识形态领地。忠于内心职责的文字只在意自己是否真实，不在乎是否被允许。

写作将经历变成文字，却永远不会使它成为一场谈话。事件在发生时，无法容忍事后用以记录它们的词语。对我来说，写作就是在泄密与保密之间走钢丝，并且二者处于不断变化当中。泄密时现实转向虚构，虚构中又透出现实的曦光，尤其在文字形成之前。人们阅读时感受到的一半内容无法诉诸文字，它们在头脑中引发迷失，开启诗意的震撼，这震撼我们只能在无语中思考着，或者说，感觉着。

有些东西我从来不去深究，它们不断变化，视用途不同而不同。有时，母亲递给我一把大刀，让我到烟囱旁的阁楼里切一片熏火腿拿到厨房。我上楼梯时心想，她也不怕我拿着刀去干别的。我有可能摔倒被刀割伤，有可能不留心切到自己的手，也可能用这把刀去自杀。如果我没用它切肉而是做了别的，刀就成了另外一件物品。我故意拖延时间，在阁楼上耽搁很久才回厨房。把火腿和刀交给母亲时，发现母亲毫不在意甚至漠然。除了切火腿，她不会想到会有别的事发生。她从来没问过我为什么拿着刀去了那么久。

人们提到"手帕"时，他们指的是哪条手帕呢？哭泣时用的手帕，不是告别时挥舞的手帕，不是包扎伤口的手帕，不是人们伤风时擦鼻子的手帕，不是打结记事的手帕，不是怕丢钱把它们包起来的手帕，也不是在街边丢失或被扔掉的手帕。手帕永远不会是同一条。在简单的一句"那女人把手帕塞进衣袋"中，会潜伏着多少种可能性？

一个夏日的傍晚，邻家男孩在墓地对我说：对死了的灵魂来说，世界比不上一块手帕大。晚上，当太阳的火焰熄灭，在黑暗来临之前，大人派我们去墓地浇花，因为花要在空气凉下来之后浇。墓地小教堂后面有一方水塘，蛙的鸣叫飞向天边。我们在水中摇晃着水壶把它们灌满。拳头般大小的青蛙从沾满泥浆的叶子上重重摔进水塘深处，发出沉闷的响声，像入葬时拍到棺木盖子上的泥土。人们在自己的葬礼上，在棺木里，聆听头上传来泥土的最后一声问候。我们提着灌满的水壶，望着那些与我们无关的墓地上升起的白色烟霭。花很快就浇完了，土地很渴。我们并肩坐在小教堂的台阶上，发现哪个墓穴有灵魂飞出就互相指给对方看。我们默默地不说一句话，怕惊走了亡灵。我看到一个灵魂从空穴飞出，死者和外婆的儿子一样，牺牲在远方的战场。他的灵魂是一只瘦鸡。墓碑上写着：轻轻地，请在远方安息。

回家的路上，我们才敢谈论有关灵魂的话题。用动物为每一个灵魂命名，有蜥蜴灵魂、山鹑灵魂、雪雁灵魂、兔子以及仙鹤灵魂。亡者的灵魂飞到四处，邻家男孩说，他们的世界不会比一块手帕大。

草地上的尸布，在照片里为什么像是一块手帕？儿子的遗照，为何成为母亲祈祷书的书签？死神是怎样走进一张比火柴盒小的泛黄的黑白照片，他如何把自己变得那么小，周围还留出一指宽的边儿给草地。外婆在战争中被地雷撕成碎片的儿子，像一捧被风吹到一起、已经开始腐烂的树叶，躺在草地的手帕上。从前线送来的一张照片替代阵亡通知书，它怎敢将尸布与手帕、人与叶子混为一谈。外婆失去儿子的伤痛，无人可以代替。正如杏树让我记起死去的父亲，手风琴会让她想起自己的儿子，手风琴是儿子留在人世的代表。装手风琴的盒子，表面虽然凹凸不平，但看上去依然很像棺木。被炸成碎片的儿子埋在莫斯塔附近的一个烈士公墓里，估计两个他都可以放进这盒子里。外婆崇拜这疙疙瘩瘩的手风琴棺木，把它摆在客厅的壁炉和床之间，从门外一眼就能看见。有时，所有人待在花园里，离开这个房间很远的时候，我会打开盒子仔细端详。白的琴键像照片上白色的尸布，黑的琴键像黑色的草地。手风琴盒子是外婆的祭品，她天天走进这不住人、只住着手风琴盒子的房间。她默默地看着它，像人们在教堂注视圣贤，在寂静中祈求帮助。她死去的儿子就在房子中间，她忘了手风琴其实不是人，无所谓谁是他的主人。一个母亲怎会把儿子和手风琴混淆起来。一个人的伤痛转移到物品，物品又将消失的人投影在自己身上，这一切是如何离奇地发生，哪些词句才能恰如其分地表达？她的丈夫，我的外公，在1945年之前拥有整个村子的土地，同时做粮食和杂货生意，被社会主义国家没收了全部财产，只留下一个装满发票的小箱子。发票上原来是记载以车为单位的粮食和咖啡豆的，现在，这上面只能记一些他每天采买的可怜的日用品。第一栏：货物名称，下面记着"火柴"。第二栏：数量/车/重量,他填上"一包"。第三栏:价值(10万/百万),写着"2列伊/0.5巴尼"。土地、农机、银行户头、金条——他所有的财产统统被没收,房子和带楼房的农庄也都充公了,只给他和老婆女儿女婿留下两个房间,其他都充作粮仓,小麦、大麦和玉米,从地板一直堆到天花板。每年夏初到晚秋,满载货物的运输车从后门开进去,空车从前门出来。名声远播维也纳的著名粮商我的外公,作为"剥削阶级"被社会主义清算之后,穷得连理发的钱都没有了。只剩下还够他用十年的一摞摞粮食发票,装满一个大箱子。

外公承受着耻辱,把生活琐碎写进他的发票栏目,用他自己的话说,是为了"不让脑子锈住"。他在记录自己没落的过程中寻找着生活的倚靠,在抗拒急转直下的境遇里维系着尊严。他从不抱怨,耐心地把每天购买的微不足道的家用填进一个个栏目:一米煤油灯灯芯,三米松紧裤带,一管牙膏,一杯芥末。他把每天的支出加起来,再把每周、每月、每年的加到一起。打印的表格和他笔下的"我一无所有",无须任何词语,向他讲述的,和审讯后花园里的大丽花向我讲述的一样多,和我为了支撑下去、每天背诵的诗歌告诉我的一样多。诗歌一直向我印证，我的人生没有出路。没人能说服外公放弃去填充那些表格。直到我进了城，背诵诗歌成了一种习惯，我才终于理解，外公的发票表格不是他的祈祷，而是他的诗歌，或者说是他的大丽花。

在农村长大的我，从小与植物亲近。我为城市的植物也赋予了某种用途。金钟柏和杉树，像村里的玉米一样充满敌意，它们服务于权力，是环绕政府机关和私人别墅的常青的篱笆。大丽花和杨树属于生活支离破碎的人。金钟柏和杉树的球果，不管情愿与否，其外形就像微型的骨灰坛。这些植物远离了自己的天性，效忠于国家。唐菖蒲也是贵族植物，在国家庆典上被扎成花束装饰舞台，在娇嫩的早已枯萎的蕨草之上伸展自己的腰肢。唐菖蒲是开放的棍棒，红石竹像党徽。动物也有贵贱之分，比如多瑙河上食人肉的海鸥，警察和边防军的警犬，都是贵族。成群的蚂蚁只将穷人的墙壁挖空，跳蚤和虱子只会折磨穷人的皮肤。还有苍蝇。晚上，我和行动小组的朋友们玩苍蝇游戏，叫作"苍蝇的自我批评"。我们打开厨房灯，在黑暗中坐在房间的桌边，一个人起身把厨房灯关上，再把房间灯打开。

在房间亮起的一瞬间，我们喊出一个事先约定的秘密警察的名字。苍蝇追光，不一会儿，那个秘密警察苍蝇就嗡嗡地飞进房间。每次它都落在桌子上，因为那儿最亮。我们大声笑着，看着苍蝇在房间里来回萦绕，对它的飞行路线评头品足，但笑声掺杂着苦涩。有时我们反着玩这个游戏。给苍蝇起一个我们当中某人的名字，然后换一个人，再换一个，直到我们所有人都当过苍蝇飞进房间，直到苍蝇证明我们都还在，我们还是个完整的集体。那时我们的确都在。后来就不一样了，暗夜降临我们头上。也许是这个缘故，我后来不再玩苍蝇游戏了，开始玩剪字拼贴游戏：

> 寂静在可能之处，
> 穿过苹果的小屋。
> 像女士们牵着狗，
> 像名字在报纸穿行，
> 像密探穿过夏季，
> 渴望风和泥土。
> 喉咙的阴暗面，
> 曾被苍蝇载着，

从厨房飞进来。

人们轻松地称作历史的东西，从纳粹时期到五十年代，在我的家族也体现为咽喉的阴暗面。每个人都被历史传唤过，作为被告或是受害人。历史将他们释放后，没有一个人完好如初。父亲在酒精里麻醉着他在党卫军的那段历史，母亲与她流放时半饥半饱剃光头的日子纠缠不清，外婆礼拜着阵亡儿子的手风琴盒子，外公沉浸在自己的发票表格里。原本彼此无关的事物在他们头脑中相遇。这些缺失给亲人们带来的伤痛，在我陷入同样的绝境时才能理解。这时我才理解，神经被摧残后永远不会复原，它在以后的岁月中将永远处于紧张状态，甚至会追溯到从前。它改变着后面的，也改变着前面的事物，这些事物与生活的裂痕本无关，假如没有这些裂痕出现。大脑和生活中的一切都被这套索像磁铁一样紧紧吸住，无法逃脱。裂痕之前的事情到后来才显现，仿佛它一直隐藏于某个角落，未经发现，其实它早已明白地预示了未来的缺失，它是一个被人们漫不经心忽视了的预言。

我十七岁时第一次和班里的同学去了黑海。绿色的海水泛着白沫，在我习惯了村庄绿色的眼中，这样的海水仿佛一片宽广平坦的草原，铺满了泛滥生育的苦芹。大海是一块浓密得要漫溢的草地，和我熟悉的一望无垠与天相接的绿色牧场一样，平缓辽阔，远远地就能看到来人。这样的一览无余，让人们在无以遮蔽中首先看见的是自己，从脚趾到手指透明到几乎让天空整个吞噬。大脑会崩溃，但脚下不会有危险。可能是出于对草地的信任，我走进深深的海水，完全忘了自己不会游泳。土地渐渐消失，向高处漫溢的草地逐渐变成向下沉没的水域，我根本没有试着游起来，只想着大海会将我吞噬。我渐渐失去了知觉……后来，等我在岸上醒来，发现身边围着很多人。有人看见我溺水后及时把我拖到了干处。我脑子里一片混乱，竟忘了问是谁救的我，也忘了道谢。第二天，等我想起这事的时候，每个人都耸耸肩说：是个陌生男人，他给你做了人工呼吸就离开了。

剩下的十一天假期，海边成了我的禁区。我在柏油路上的咖啡馆打发时间，仿佛那里根本没有海。可是，所到之处我总看到自己快要被淹死，水不停地灌进我的耳朵。淹没时短暂的镇静之后，是无法摆脱的震惊。回到家，谈起大海，我没告诉家人溺水的事，海水对肉体的饥渴我只保留在心里，就像我从未透露田地对肉体的渴望。沉默时，我感到惊恐在我身体里沉睡，我说话时，它又醒了。我将它诉诸文字，把地点移到了想象中的高山冰川湖，让它们高高在上，离天空更近。

"几乎淹死"在海里的十年后，不堪于秘密警察的刁难，我曾想过在河里结束自己的生命。我还是没学会游泳，这样很好，但我依旧讨厌水的设伏。我在河岸捡起两块石头放在大衣口袋里，那是一个春日，太阳有气无力，新鲜的杨树嫩枝闻上去有一股焦糖的苦甜味儿。想到自己终于要冲出这包围圈，安静而狡黠地脱离人生苦海，我心里多少有些亢奋：等审问者再想肢解我的时候，我已经不存在了。他只能像个怪物，独自站在该死的地板上那斑驳的日影里。我的生命如果没有遭受过践踏，我还是很喜爱它的，现在已然如此，拿走也无所谓了。除了经常处于被干掉的恐惧之外，我感觉自己已经不存在了。现在想想这并不合逻辑：如果害怕被杀死，证明我想活着。可能当时神经被折磨得疲惫不堪，让我觉得能逃离就是胜利。计划自杀时，只觉得这是对他们的报复，完全忘了这也是对自己的报复。

塞进口袋的两块石头太大了，大衣口袋盖不住。计划中的一切都很合拍，可我为什么又把它们放回了原地？我注意到它们待在河岸的那个地方，我认出了它，它也认出了我。我知道，如果必要，我们会彼此走向对方。我与自己重新和解，平静地回到城里。我实习了一次死亡，掌握了走进它的技巧，它让我再次逃脱，却不再拒绝。我把这事延期了，因为河水还冷，春天的太阳还只是睡眼惺忪地舔过水面。后来，我这样描写这段经历："死神向我招手，我做好了起跑的准备。在几乎得手之际，细小之处却不愿配合。或许，那就是心兽。"很久之后，我用报纸上剪下的词拼成下面的文字，让现实的岸边石子在虚构的石子中熠熠发光：

> 正午时分亨利希走出公司，
> 鸟在运河之上随风歌唱。
> 天空的胎记摇着秋千，
> 一段铁丝像亨利希的裤线。
> 他从卵石上踏过，
> 把小石子中最大的重如闪亮冰雹的

塞进外套和裤子。
他仿佛从未存在，
唯一动机是让水涨漫溢，
再向低处沉没。
鸟在白蜡树的夹子手臂里筑巢，
脸上是歌唱机器，
穿着一如修女的黑袍

　　河边演习之后，我想用卵石淹死自己得以解脱的愿望，和其他物品一样，被秘密警察没收了。一个我不认识的警察走进我办公室，反锁了门，把钥匙放在桌上，坐下后跟我要水喝。我往杯里倒矿泉水时，他一直盯着我看。倒一杯水从来没用过我那么长的时间。我不知道自己当时在想什么，但我感觉他仿佛是在看着一篇文章如何穿过我的身体。虽然门已关好，他的等待却让我觉得，要等杯子里的水注满之后，他才真正走进了房间。杯子终于满了，一点没洒，水开始在杯子里冒泡。空气仿佛凝固了，房间里静得能听到水的滋滋声。突然，他暴怒地大喊大叫，忘了喝他的水，两肘叉开支在桌子上，耸肩缩脖，声音嘶哑，脖子上暴露的青筋像一根蓝色的铁丝。我站着——因为他占了我的椅子——靠在柜子上，不着边际地这儿一句那儿一句。我的恐惧有一张平静的脸。他发现自己的方法不奏效，开始改变策略。他咽了口唾沫，用手背擦拭一下额头的汗，说我在愚弄他。事实上我什么都没说，只是平静地听他说话。他摆弄着领带尖，把它放到桌上的水杯边，盯着它，仿佛在数那上面究竟有多少道条纹……然后，好像要与我和解："也罢，那我们就把你按进水里吧。"他端起桌上的玻璃杯，让领带尖弹回肚子，一口气把水喝干。他抹嘴时我想起河边那两块石子，我知道这事不会再发生了："我永远不再尝试淹死自己。既然用河来逼我，那这脏活就让他干吧。"从这天起，我开始远离河流，甚至看不见那里的石子。坐电车驶过河面时，对河也视而不见了。太阳已滑进夏天，水不会冷了。我的石子前盛开着铜绿灰的球蓟花。

秘密警察没有为我干这脏活，我也没替他做。他一口气喝完杯里的水，一边说要淹死我，直让我恶心。他一走，我就把瓶子里剩下的水倒进下水道，把他用过的杯子扔进垃圾桶。第二天一早，杯子又被放回到我桌子上，清洁工大概以为我错扔了。为了确保它的消失，下班回家时我把杯子塞进手提包，在一条暴土扬尘的小路上，把它扔到一根水泥柱子上。一辆货车驶来，我没有听见杯子摔碎的声音，至少比前一天杯子里的滋滋声要小。我想起一位朋友说过的一句话，当时我们正在讨论罗马尼亚语的话题。他说："这是一种什么样的语言啊，竟然连水尸这个词都没有。"被那个家伙威胁之后，这句话成了我的安慰，我想：既然罗语中没有水尸这个词，那他们根本不可能淹死我，我不可能成为他的语言中根本不存在的一个东西。罗语词汇表的这个无语之处成了我逃生的洞口。希望来真格儿的时候，我可以藏进去，消失在没有词语的地方，让他们找不到我。我向朋友讲了喝水和领带的事，但没有提起倒掉瓶里的剩水、扔玻璃杯的事，更没提那个可以让我逃遁的洞。

夏末的一天，我在穷人墓地看到一具年轻女人的尸体。它打破了我以为水尸这个词不存在就不会被淹死的幻觉。她带给我震惊，我送她两颗樱桃。

一个朋友外出时，他的家被搜了个遍——官方的结论是入室抢劫。我们太了解这把戏了，每人每年都会摊上几次。书和纸张被翻乱，照片从镜框里掉出来，窗帘的镶边被拆开。钱和首饰从来不会少，只会丢一些小玩意儿：一个闹钟，一只手表，迷你收音机之类。临走前，把门弄坏，造成盗贼闯入的假象。主人到家时，警察势必已经到位。因为有东西丢了，所以每次的记录都是偷盗。之后的某一天，我们被传唤到庭，看着某个囚犯被带到秘密警察拿走的物品前，承认是他偷的。一次，我的朋友丢了晶体管收音机，法庭上，听说小偷伊昂·塞拉库死在监狱里，朋友问他家的地址，得到的回答是，他家里已经没人了。一般来说，如果死者没有家属，都会葬在穷人墓地。还有，他的（估计是编造的）姓"塞拉库"很少见，在罗语中的意思是"穷"。我们决定亲自去确认一下。墓地周围是高高的水泥墙，葬在这里的人大多是被国家迫害致死的。我们在午饭时间到达。盛夏时节，酷热难当，墓地上长满齐膝的青草，它们炫耀着色彩，扎人而刺眼。颠簸的小路上，瘦弱的野狗拖着各种各样尸体的碎块——手指、耳朵、脚趾。我们找到了伊昂·塞拉库的墓，墓上摆着一束鲜花，不是草地里开的，是新鲜的玫瑰。天很热，一看就是刚刚放上去的。就在我们到达之前有人来看过他，那会是谁呢？

墓地中央有个水泥小屋，有人用红漆在墙上写着"吸血鬼"。屋子有个很窄的小门，最多只能算是门缝。屋里墙边放着水盆，中间一张水泥桌，桌上躺着一具女尸。她的脚踝上绑着铁丝，一只手腕上有同样的铁丝，是松开的，另一只胳膊上能看到脉搏的切口。她头发、脸和身体上是一层厚厚的泥浆。这是一具——罗语中没有形容它的词——水尸，一具被铁丝捆绑的水尸不会是溺死的，只能是被淹死的。去墓地的路上，路过一个市场，我顺手买了一袋樱桃。不知所措之间，我在她深陷的眼窝里放了两枚樱桃。走出墓地大门前，我们一句话都说不出来，双腿僵硬得无法打弯。草地的美令人无法忍受，我感觉得到它对我的饥渴，挽留着不愿让我们离开。青草是留给无亲无故的死者的鲜花礼物，还是遮掩国家罪行的葳蕤？是二者兼有，抑或都不是？只是恐惧中一种愚蠢的需要，对无法忍受的事物的一种梳理？我们在小圈子里谈起过墓地上的玫瑰，小屋里被捆绑的女人，但不约而同都没有提起狗和樱桃。关于青草我只字未提，一如我习惯的那样。

几年后我们都去了德国。在声讨齐奥塞斯库的残忍暴行时，朋友告诉我们俩最好不要提墓地的事：
"没人相信这些，你们只会让自己成为笑柄，让别人
以为你们神经不正常。"我听从了朋友的劝告，从不
提穷人墓地的事。有人让我用具体实例说明独裁政
权的统治时，我只提了几件自认无伤大雅的事。朋
友的警告很有道理，这几个普通实例已经被认为在
夸大其词了，人们开始怀疑我脑子不正常。集权统
治在记忆里是我命悬一线的生活，我知道的永远比
我能说出的多得多。

但我不会抛弃那些使我变成笑柄的记忆，不会
在写作时弃之不用。我执意回望墓地青草，从它的
背面，超越时间的距离将它拾起，通过虚构将它为
词语裁剪得面目全非。它们从穷人墓地被连根拔起，
在小说《心兽》中又以各种方式随意回归："我们口
中之辞践踏的，不亚于双脚对草地的践踏。沉默亦
然。"或者："青草在脑子里生长。我们说话时，它
被割掉。沉默时，它也被割掉。第二茬第三茬随心
所欲地生长。我们还算幸运。"还有："我希望爱可
以重生，像割过的青草。它的重生应焕然一新，如
幼童的牙齿，如新生的头发和指甲，应听从心声的
召唤。"以及："今天，我在谈论爱情时，草在倾

听。让我觉得,'爱'这个词对它自己不够真诚。"

一位母亲被剃光的头,一个父亲的酒瘾,一个外婆的手风琴棺木,一个外公的发票簿,一朵大丽花变换的容颜,一个女友的背叛,墓地青草的双刃美……我们对生活的倾诉,或许可以用其他事例代替。但即便在其他事例中,依然可能有我们熟悉的"喉咙的黑暗面"的东西,它们同样也适用于下面这句话:"沉默使我们令人不快,说话让我们变得可笑。"

一次触摸，两次释放

过去的一个个瞬间，如果我在当时就已参透，便不会鲜明而焕然一新地穿过我的当下。或许我当时应该不断重复经历，或者干脆避免让它们发生。每个事件都会有一段空隙，在这段空隙里我们绞尽脑汁思量，何时何地在谁面前应该说什么，还是应当保持沉默。在高压监督之下，大家开动脑筋想出一些不可能被禁止的方法：工厂开会时，或在审讯中，用沉默来表达自己的厌恶，这是一种可见但无从证明的态度；被逼无奈时，说话却不回答，只把对方的问题拾起，不断重复其中的词句，带着它们在曲折的小路上奔跑，以达到欺瞒和迷惑的目的。或许我应当本能地与这纷乱保持距离，防止它完全到达大脑，在我所有熟悉的恐惧之上平添一份无知，伴随我的感官，让我对后果无法了然。我想，我们的大脑中有一个保护装置，像铁路道口的栏杆，在火车疾速驶来之时可以关上。我至今仍为当时对事物的片面理解深感羞愧。当下在经过我时为未来交运的行李，我很少能够辨认。事后并不关心过去与当下，记忆中的当时和现在，转天也成为记忆。它们不会按时间顺序穿行在记忆中，而是以事物的多面体显现。不断变化的细节相遇后，重新结成对子，在每一个新组合中面貌各异。大脑中留存的最少许的记忆大肆抢劫，事后借人们想象中对事物的了解，恬不知耻地成为新事物。这少量的记忆为着当时不必去做不值一说的东西，与当下讨价还价。与当下的结合体阴险地将过往的第三、第五或者第二十个立面暴露出来，它们曾藏匿在眼睛后面太近或眼睛前面太远的地方。记忆有自己的日历：过去很久的事情，在记忆中可能像昨天刚刚发生的一样。我要说：在触摸与释放的不断反复中，我在当下遇到了我的过去当下（Vergangenwart）。关于这一点我需要举例说明。

刚到德国不久，在开往马尔堡的火车上，我遇到"英格·文策前往里米尼"。我住在马尔堡大学的招待所，它位于兰河河畔的一个公园里。我望着河水，不断重复着啦——啦——拖着长音，直到河的名字啦啦像一首歌，在上腭水一般清凉。河中的砾石不深,墨绿色的公园里,房子白得发亮。在一个刚从贫穷国度跑来的神形疲惫的女人眼中,这景色之美让人害怕。我一个人坐在那儿,玩着啦啦游戏,尝试接近这暴露了我烦乱的完好地点。我强迫自己信任此地,让目光平静下来,重新适应美的事物,不去想那些仍被独裁政权摧残的亲友。若不是眼前出现了三只白鸭子,我或许真的可以暂时忘掉一切:空洞的水流进鸭子黄色的嘴,它们摇晃着脑袋,划着蛋黄色脚蹼,尝一尝水滴,又吐出来。它们在吃水而不是喝水。鸭子的嘴成了黄金餐具,脚蹼变成金制的混水器。我长时间沉浸在这样的幻象中。当时独裁者还在位。我在罗马尼亚时,人们盛传齐奥塞斯库用金子做的餐具吃饭,浴室用的是金制水龙头。

现在和过去的细节就这样彼此相联系,过去当下突如其来、毫无道理、未经许可就出现在当下。我以前并不相信苦难国家黄金国王的传说。马尔堡之行后过了很久,人们在盘点他的财产时证实了这些,我才不得不信。为什么恰恰在兰河的鸭子身上,我看见了以前从未想过的独裁者的黄金餐具和水龙头。我想起工厂的午休时间,工人们在酷热难当或冷冰冰的车间里，在一汪汪机油坑之间，就着报纸包的变了味的猪油，神情黯然地啃着硬面包，白酒瓶从一个人手里传到下一个。我一直以为黄金餐具的传闻是人们瞎编的，是穷人对富人生活的一种愚昧想象。然而在马尔堡，白鸭子金色的哑巴嘴儿和浑水让我感觉恶心。我对暴发户独裁者的鄙视由来已久，我了解他，也了解几十号工人，他们每天——包括在我看鸭子的时候——在油坑之间吃着变味的猪油。在德国的餐厅里，食物端上来之后，我不止一次忍不住流泪，想起工人们吃饭的情景，我很饿却没有胃口，想到那么多我爱的人，他们不知道自己被剥夺了的东西有多少。

兰河畔的三只白鸭子作为过往向我走来，它们吃水的样子令我反胃，让我头晕。河面波光粼粼，河水上涨。在距离苦难千里之外的完好地点，令人厌恶的独裁者把他的金子一点一点塞进别人的五脏六腑，这不也是一种伤害吗？

当下与过往相互交叉，彼此剥离了意义，把对方拉到无以想象的规模。这时的人既癫狂又极端正常，神情恍惚，一边接受攻击一边保护自己，愚蠢的话语进进出出，内容却都一样。我对自己说，一个满身皱纹一脸忧郁的苦难国王不应当是三只鸭子的同谋，他犯下的罪行与它们毫无关系。也许关键就在这里：正因为无关，它才开启了兰河边反常的共谋关系。你可以闲逛，兰河可以流淌，几天后你可以对别人说，兰河之滨很美。但你在鸭子吃饭与浑水时看到金马桶的事却不能说，否则你会让人厌烦，让人怀疑你有神经病。关于马尔堡，关于兰河边自找的恶心一个字都不能提，甚至和女友在冷饮店喝着兰河苏打水时，当她问你：去过兰河边了？你也只能简单地说句：是啊……听起来像啦啦。你赶紧换个话题，好像兰河是水，是街道，还是疾病，对你来说都无所谓。你保护着自己为兰河做的标记，沉默着，让别人以为你并没有特别留意这块美丽的地方，这个国家的当下。

在兰河的鸭子之前，我还提到过，我在去马尔堡的路上认识了"英格·文策前往里米尼"。我不认为她在睡觉，她只是好几个小时闭着眼睛，那是她的工作。你认识英格·文策吗？她三十出头，金色卷发，脸颊瘦削，修长的脖子上挂着金项链，斜挂在她睡觉的方向，也就是白色睡衣的左肩带边。我不知道她眼睛的颜色，因为她始终没有睁开过眼睛。

枕头和被子是暗黄色的。我走进车厢,顺着行驶方向靠窗坐下时,吸引我眼球的第一件东西就是她的白色睡衣,有三指宽的肩带,它和我到城里上女子中学前的那个冬天,外婆为我缝制的睡衣一样。英格的睡衣,就在我当年从村子坐火车走向世界时背着的大塑料口袋里。我还记得它从裁剪、缝制到成衣的全过程:料子不太够,上肩后睡衣显得太短。为了保证衣长,外婆决定给它上个肩带。肩带把睡衣加长了二十公分,但裸露的肩膀也不好看,外婆说,肩带有三指宽比较好,这样看起来像个有教养的四方领口。可是料子只够一指宽的带子,这样倒是更漂亮,她说,但穿着睡觉恐怕不大舒服。不过城里的水泥房不会像乡下的房子这么冷,而且在村里看着不大合宜的东西,在城里恐怕倒是合适的。反反复复试了几次,她终于把略窄的肩带缝上,满意地取下大头针,拿走剪刀和线,盖上缝纫机的盖子,把睡衣熨好,放进我装满了"城里衣服"的手提箱。可是几天以后,她又把它取出来,开始在肩带上钩花边,一种椭圆的孔形图案。蕾丝花边使睡衣看起来更"不规矩",我相信她也注意到了这一点。我永远不会知道,她用这椭圆花边把肩带加宽,配上更多的金银丝线，是想让睡衣显得更规矩还是更不羁。或许她只是因为闲着没事，就用钩花边来打发冬天漫长的时光。做针线时一定有一股吸力经过，因为蕾丝在她手下一排比一排更接近漂亮的雪花图案。耕地在冬眠，不再有脚印出现，露水与霜冻脆弱的美交相呼应。田埂的最外沿，雪是最美的覆盖。太阳和月亮像咬玻璃杯一样啃啮着雪地，让它长出锯齿形手指和脚趾。在当时看来，我的睡衣是扦着乡村冬日花边的城市睡衣，今天，如果穿在英格身上，那就是一件在城市穿的乡下睡衣：在面料短缺和对城市女子充满偏见的穷乡僻壤，睡衣成了有蕾丝花边的露肩低领衫。外婆做衣服最在意舒适度，总要比正常尺寸宽松一倍。这件短睡衣依然很宽大，我还以为料子很富余，只不过外婆在裁剪的时候把宽度当长度了。

英格·文策就这样身着一件巴纳特施瓦本睡衣睡在穿行于德国各城市间的列车上。那件睡衣我一直没穿过，我把它放在了柜子的最底层。从蒂莫什瓦到布加勒斯特的一个冬夜，行程八小时的卧铺车厢里，我在陌生人身上又与它相遇。那是一趟死亡之旅：我走进候车室，三个警察等在那里，一个穿制服，两个着便装。制服警察没收了我的车票和证件后就消失了，留下我和两个便衣。他们要查我的旅行袋，我指着其他旅客堆成山的箱子、口袋和行李，拒绝搜查。我去布加勒斯特是和西柏林的编辑会面，电话里约的，肯定是被监听了。我家没电话，去邮局要的西柏林电话，填表后等了三个小时，这段时间足够通知到他们了。况且，国际长途窗口原本就是独立的，电话亭和国内的不在一起。我估计所有的国际长途都被监听，尽管多数都是表姐妹、长筒袜和问候之类的内容。便衣是情报人员，很清楚我去布加勒斯特做什么，他们是想没收我的手稿。其实手稿不在包里，早已经到目的地了，是一个朋友在前一天坐夜车带走的。但我包里的东西更危险，是一封给国际人权组织的信，是列着被监禁人员的名单。我包里装的不仅是我自己的几年徒刑，还有那些完全信赖我的人的。便衣告诉我哪儿也不能去，除非去见鬼，"睡牢房比车厢更好，因为床不会晃来晃去，除非地震……"，说到这里，两人哈哈大笑起来。旅客们提起自己的行李，从候车室渐次走向月台。他俩嘀咕了一阵，其中一个伸出食指在地板上画了个圈，告诉我不能出圈，一步一厘米都不行，然后也离开了。旅客都到了外面的站台上，候车室高大、宽敞、空旷，空气中散发着跳蚤粉和氯的气味。我两脚间挪着旅行包，抬头看墙上的画。一幅是联合收割机的油画，农妇天真地笑着，小腿肚像粗壮的黄瓜。晚秋的园圃中总能看到这样的黄瓜，因为太苦，无人采摘。旁边是一幅工业主题画，工人阶级站在高炉前如沐浴在红色的晨雾之中，手拿长长的钢钎，脸骨呈几何形状，下巴被画成难看硬朗的三角形，像一个长着狗嘴的男人。我脸靠在墙上，闭上眼睛缓解一下紧张情绪。等我睁开眼时，鼻子前面有个蟑螂顺墙在爬，在角落的墙根处没抓牢踢脚板，摔到了地上。我看着它，没有好奇，没有所谓，我对自己也无所谓了。我的脑袋是个死角，在看到蟑螂后不再顾虑什么了。我拎起旅行袋，挎到胳膊上，离开了他们为我划定的圈儿，既没有车票也没有证件，径直向大门走去。我的脚在行动，脑子却没有动。便衣就在站台那儿等着，那瞬间我明白了他们的计划，那肮脏、阴险的设计。他们只是在试验，看我没有得到指令前，在没有证件和车票的情况下，敢不敢离开。他们以为我会像木头一样在候车室傻站着，等列车开走后，再回来告诉我，我本来可以上车的,没人拦着我,是我自己在候车室里耽误了,和他们没关系,他们压根儿就没在这儿。另外一种可能是:列车开走后他们回到候车室,"惊讶"地发现我又有别的事,不打算去了。他们明明白白告诉过我,他们会在站台上等我,但我太笨,误会了他们的意思,连这么简单的话都理解不了。这两种设想对他们来说都是好玩的游戏,威胁中含着诅咒、粗俗的挖苦和傲慢的下流想法。现在我来到站台上,他们为这第三种可能性也做好了准备:两人把我夹在中间,胳膊肘来回撞我,用脚踩我。我在他们俩中间晃来晃去。他们不说话,我也沉默着,紧闭双唇。我不会给他们可乘之机,以防祸从口出,被扣下来。我们的身体无声地冲撞,仿佛谁都不会说话。雪铺在地上宛若面粉,月台上没有灯,漆黑一片。所有旅客都上了车,车站上空荡荡的。我听到自己踉跄和摔倒的声音,仿佛来自别人。我一次又一次爬起来,趔趄着,仿佛便衣根本不存在,在夹缝中顺着列车一直走到卧铺车厢,走到月台的最末端。他们分站在车厢入口的两边,左边的把车票递给我,右边的把身份证递给我,狞笑着说"旅途愉快",听着却像是"最后的旅途"。我上了车，他们也跟着上来。上车也在第三种版本的设计中。我做好了最坏的打算：他们也许会趁夜深人静，把我扔到车轮下，类似这样的"自杀"不胜枚举。我看着他们从车厢尾部向下一节车厢晃过去。他们在执勤，没有行李。我想，这也许是我一生最后一个也是最大的一个失误。我不该上车，在这荒无人烟的地区行驶好几个小时的列车上，为他们提供了绝佳的机会。

我睡的是下铺，这也是一个可能被连夜带走的征兆。上铺是个五十岁左右梳着高高发髻的女人，她的发型看上去像一只带蘑菇伞的茶壶。女人站在车厢敞开的门前走廊上，透过窗玻璃看茫茫夜色。茶壶发髻女人会不会是便衣安插的同谋？我向列车员出示车票和身份证的时候，希望从他的眼神和嘴角判断出他是否知道秘密警察的计划。我发现他在茶壶发髻女人那儿停留的时间和在我这儿一样。列车员走后，虽然门敞着，我还是脱掉衣服，睡裤里穿着裤袜，上床，盖上被子，在被子下把信塞到长筒袜里。躺了一小会儿，起身匆匆走向洗手间。我把信封撕碎，扔进便盆，冲水，把信顺墙塞进一根生锈的管子下。回来时，茶壶发髻还站在窗边。我钻进被子，一遍遍地数发髻女人套头毛衣背后的条纹，是二十一道，没错，一直数到她走进车厢开始换衣服。我脸冲墙。等我再回头时，只见她浅蓝色休闲装上套了件有蕾丝肩带的白睡衣。她把细细的浅蓝色肩带从肩上褪去，轻晃几下，浅蓝色落到地上。她高高抬起腿，好像在迈一个水坑，然后拾起浅蓝爬上床。脱衣时她有点不好意思，但我必须盯着她，判断她是否和两个便衣有瓜葛。浅蓝色，尤其是有肩带的白色睡衣，让她看起来是清白的。她不必一起动手，只需在设定的时间，那两人到来之前，将我麻醉。等我失去了意识，和那两人一起坐到下一站，或者，等到了早晨再回家睡觉。她可以休一天假用来补觉。车厢的灯还开着，她已经睡着了，发出深沉的呼噜声。真这么快，还是她在假装打呼，为了迷惑我？穿着白色睡衣的人也会假装吗？我不敢睡。车厢里完全暗了下来，暖气烧得过热，我感觉整个车厢都被裹进了茶壶发髻。空气凝滞沉重，眼睛胀痛，像呱呱叫的青蛙的白色尿泡。我开始捂着嘴无声地哭泣，枕头也被浸湿。我觉得自己像个可怜又可悲的蠢妇，自己往圈套里钻。我把枕头换到干的一面，脑子里开始默诵诗歌，嘴里哼着歌儿：雪是白色的白色的白色的，白色的白色的雪是白色的，我想躺着躺着躺着，躺在雪下面看。我在心里把它唱了上百遍，火车摇晃着为我伴奏。直到天亮，茶壶发髻还在打鼾。我这时才敢相信，便衣不会来了。他们错过了黑暗的保护。我溜进厕所，把信取出来。

因为"英格·文策前往里米尼"的白色睡衣，我在去马尔堡的火车上忆起了这趟黑暗中的死亡之旅。后来我在车上经常能看到英格·文策，她躺在所有路段上，穿着我熟悉的三种睡衣：一种是与村庄告别的雪地齿形吸力睡衣，第二种是茶壶发髻女人的睡衣，第三种是毛皮师傅的礼物。我被铁丝厂开除后，冰箱、地毯、家具和房子都没还完款，失去了经济来源，就去做家教，给蒂莫什瓦的一个皮毛厂大师傅的两个孩子教德语。我没打算和这些人有什么私交，能付得起学费的都是随遇而安的人，或是中产阶级。我可以在他们家里吃饭，可以和孩子单独在一起，但前提是他们不知道我是国家敌人。但事情到了末了几乎都一样：虽然他们很满意我的工作，但干了几个星期之后，迫于秘密警察的压力，他们只好勉强找借口把我辞退。他们也为自己一贯的服从感觉羞愧。

毛皮师傅经常出国，成箱成箱地带回便宜的化妆品和衣服，回来能卖个好价钱。一天，他送我一顶从厂里偷的海狸皮帽子，这是他第三次偷帽子。当时正值春天，他在帽子的丝绸衬里塞了一件花边睡衣。因为有白色衬里，我把帽子转送朋友了。睡衣的面料是透明的尼龙，穿起来抖抖簌簌，产自匈牙利。居民楼冬天冻得人牙齿打战，夏天热得像桑拿房，不适合睡眠。睡衣像一件长及小腿肚的没有挂钩的赛璐玢窗帘，匈牙利人甚至把短短的袖口做成了喇叭形。贫困的东方如何想象西方资本主义的奢靡，看看皮毛师傅的塑料衣服就可略见一斑。和外婆的雪地齿形睡衣相比，它的性感尝试彻底失败，沦落为粗俗的模仿。这粗俗，和感觉低人一等的秘密警察在审问时，把西方说成娼妓遍地的粗俗是一样的。他的论据来自剽窃，这睡衣则是嫉妒和鄙夷结合的产物。赛璐玢睡衣在庄严地举行着一场感性损失仪式，是罗马尼亚贫困的日常生活还无法企及的。这件睡衣也被我压在箱底，出国前我和朋友一起在跳蚤市场把两件一起卖了。为了招徕顾客，朋友挥舞着那件雪地齿形睡衣，他了解它的来历，所以这样大声张罗着:"穿上这件睡衣,会像冬日风景一样睡个安稳的好觉!"一个满脸雀斑的年轻女人上钩了,把它买了下来。然后他开始挥舞匈牙利仿品,管它叫"淫荡小衫",喊道:"这可像是海水泡沫一样的温柔梦乡!"身边没人的时候,我们笑得直不起腰来。最后,一个镶金牙的老太太买走了淫荡小衫。这世界疯了,朋友断言,庄重的睡衣被年轻女人买走,而淫荡小衫则进了白发老妪的衣柜,她大概期待着一场迟来的爱情。殊不知正如社会主义不允许性爱一样,她的期待注定不会实现。也许她是买给她女儿的,我说。

去马尔堡的车厢里看到英格·文策的睡衣时,这个故事也在延伸,横穿当下。这是睡衣的第四种形式,也是第一种毫无知觉的。因为在这德国的列车上,它不会了解,有人在夜车上只能听任摆布。跳蚤市场上叫卖睡衣的朋友,两年后,也就是齐奥塞斯库倒台的前半年,被吊死了。他寄给我的最后一张卡片上写着:"有时我必须咬啮自己的手指,才能感觉到自身的存在。"他被吊死在家里的坐便器上方。验尸不被允许,公开的结论是自杀。受联邦铁路的委托,英格·文策在前往里米尼的路上,在座位上方的卧铺睡觉。她不晓得人们也会被接受了任务的人从睡梦中叫醒,然后就此死掉。在我的国家,这样的"自杀"事件经常发生。

我发现,是事物决定着一个人,什么时候,以什么方式,在哪里忆起过去的人或场景。那些由坚不可摧的、没有生命因而更持久的、与我们自身完全不同的物质组成的事物,决定着它们在大脑的回归。事物在出击之前先撤身,以偶然的露面回望过往,通过当下把过往推向顶点。尽管我在德铁上是第一次遇见英格·文策,她的白色睡衣却承载了我的从前,无法避免地担当起睡衣的第四种形式。多年以来,我几乎忘记了前面三种睡衣。最后这种形式违背我的意愿,也违背我的记忆,让我重新忆起从前。不是英格·文策的睡衣我不会回想以前的睡衣,不是以前的睡衣我也不会在英格的睡衣中看到更深的维度。列车上的一件衣服决定了我头脑中的车站。总是物品先形成共谋,周围的人与事便俯首顺从。因此这里的人们大多以为,我们必须与现实打足够多的交道,才能真正忘记过去。而我的经验是,人们愈是认真地参与当下,过去就愈加清晰地回到我们身边。

现在的物品怵然将我的过往拖来。它们之中隐含时空交错，其耀眼的细节被重新拖回物品之前熠熠发光。我越是仔细观察当下，它越是急切地想成为过去的范式。我脑子里如果没有当下，也就不会拥有过去。

过去与当代的划分本应交给时间，而德国文学批评界往往要依从空间准则，其实就是属地关系准则。如果我作品的主题是十年前的罗马尼亚，那就意味着我（一直还在）书写过去。然而，如果一个德国作家写战后、经济奇迹或是1968年的学生运动，人们在阅读时则认为那是当代题材。这里的过去，不论需要追溯多少年，依旧是当代，因为是在"这里"发生的，属地关系把它们联系在一起。像亚历山大·蒂斯玛（Aleksandar Tisma）或凯尔泰斯·伊姆雷这样的作家不会属于当代范畴，因为他们在空间上不属于这里。我来到了这个国家，但我的从属性需要商榷。哪个时间点是过去与现在的分界，将来从何时开始，明天？下周？明年？还是十年以后？

我从第一本书开始，就在城市描写距离三十公里外的村庄，就在书写过去。空间的距离不大，但现实的落差很大。施瓦本村庄的主题，让我活在自己的过去和父母的当下。他们把我送到城里上学，本意是为了我的未来，我的未来为他们的当下产生了不少花费。我们家没有任何藏书，在家人眼里，读书是不靠谱、"不正常"的事，所有印刷出来的东西都是用来骗人的。他们很担心我，因为"写作比疾病还危险"。母亲说，写作会让人得精神病的。他们支付我在城里的房租和伙食，等于也在资助我的写作，而我写自己的过去却伤害了他们的当下。写作粉碎了他们对我未来的设计，毁掉了一个未来的城里"女教授"的前程。母亲说，我们把你送到城里可不是为了这个。他们用于支付我的未来的钱，被用来伤害他们自己。和睡衣一样，我的写作从一开始就将我的过去、现在和未来搅成一团。

我只想探讨英格·文策——前往里米尼之路途上的睡者——的时刻，探讨身为商店女装部模特的英格·文策，以及她在男装部的哥哥雅各布的时刻。但睡衣披着其他时光的外衣，滞延着立体模特的故事。过去的人和事在记忆中不会发生根本的改变，不会走向它的反面，而物品却相反，它们从过去的事件中时而诱发恐怖的可笑，时而诱发荒谬的忧郁，事后再为它们披上另外一件皮肤，在描述时可以不加轻视地对它使眼色。

在讲述女装部模特英格和男装部模特雅各布之前，我想提一个问题：你们知道"英格·文策前往里米尼"吗？那是德国铁路八十年代为卧铺车厢做的一幅广告画，约二十厘米高，三十五厘米宽，配咖啡色的塑料框贴在所有车厢的墙上。我也注意过这一时期的另一则广告：一辆微微弯曲的火车像一尾发光的蛇穿过暗夜。但这则广告根本不是"英格·文策前往里米尼"的对手。

我被"英格·文策前往里米尼"深深地吸引。一次我在一家服装店看见一个橱窗模特，心想：现在"英格·文策从里米尼回来了"。英格穿着秋装，站在离角落一步之远的滚梯后面、客户通道的第一个拐弯处。每次换季前，她都会减轻一部分体重——衣服对她来说都会大一手宽，在背部用别针别着。商店里的英格和我最好的女朋友一样，又高又细像一根柳条，身体在衣服的包裹中十分迷人。她每周去裁缝那儿三次。当她身着时髦的新装漫步在林荫道时，裁缝已经在赶制下一件了。就是她，这个渴望生命、步履轻盈的城市孩子，眼波会漂亮地流转、从不钻词语牛角尖、像鄙视感官破产一样鄙视专制的朋友,她死了,和帮我卖睡衣的朋友一样。是的,我在商店里看到英格和她哥哥时,仿佛人们把年轻的死者放进商店,委托他们代理新一季的服装。现在,他们没有了生命,持久耐用,不再脆弱——他们已经变成了物品。他们穿起新衣,引领下一季的潮流:没有脏污,没有皱纹,没有汗渍,也没有了感情,只承担着委托,留意女人在试装时,妆容和口红是否会弄脏衣服,男人在试裤子时是否会把鞋脱掉,留意纽扣不要被弄丢,衣服试完后要重新挂回原处。最重要的是,拿了衣服的顾客要到款台付款。英格和雅各布,诱惑着,也在监督着。其他客人会怕他们吗?我会怕。虽然我知道模特就在滚梯后面,但每次都会吓一跳。英格·文策一定认为我哪儿不大正常。

我在英格和雅各布面前总感觉自己形迹可疑。他们暗中观察着,在人们不注意的时候,他们是活人,只不过与商店签了立体模特合同,不能泄露自己活着的秘密。我没有偷过他俩的东西,但我是有过劣迹的。在罗马尼亚,小偷被抓住后,要连同赃物一起拍照,像蒙羞的毕业生,标上名字和年龄,张贴在商店的公示栏。二三十张脸上是恐惧的表情，胸前举着一盒火柴、一块香皂或是几根蜡烛。生活无望之时，我也在商店偷过小东西。对我来说，耻辱牌上的脸庞比光荣榜上的优秀员工感觉更亲近，那些都是阿谀奉承的马屁精，为执行别人的计划——即便是谋杀——而活着。似乎专制政府的道德卫士带给我的恐惧还不够，我要让自己的心脏加倍危险地跳动。我的神经已经崩溃，我不得不偷，至少得偷点国家的衣服夹子和面条之类，因为它偷走了我的整个生活。因此，我看到立体模特时会深感恐慌。我怕他们看出我曾是个相当老到的店贼，有重犯的可能。如果某一天我顺滚梯下到转角，看见他们正从时髦衣服的口袋里，掏出葵花籽或南瓜子，像以前的公务员、警察、看门人、守夜者、守田人或牧羊人那样，我丝毫不会感到意外。剪报时我看到 Ladendiebin（女店贼）这个词，里面有"die bin"字样，我只需把 ich（自己）加进去就行。我给一只手提袋切开一个口，在上面贴了一句话：Die Ladendiebin die bin ich（女店贼那就是我）。

过去对于我来说是对当下的一种金字塔形升级，它基于这样一种认识，即生活的改变更多要经由双脚和物体而不是经由手和大脑。在将来也是如此。未来，又是曾经的当下的金字塔形升级。曾经的当下携带了多少为未来准备的行李，我现在还不知道。我经常琢磨英格究竟是在哪里出生和长大？我尝试用诗歌接近她使用的物品：

　　她脖子上的金饰适合德特莫尔德／埃姆登更配她的睡衣／亨特查尔顿合适她的旅途／不来梅港适合睡眠／床应当是赫尔姆施泰特的／辛德菲根适合她的所有物品／伊塞隆配她应季的衣服。

　　每次坐火车，走进车厢后，我先要四下看看，等找到"英格·文策前往里米尼"才会坐下。我如此依恋她。车厢里，有缘同行的旅客挨坐在一起，只有我和英格并非不期而遇。如果是远途旅行，旅客走了来，来了走，我在英格的陪伴下，辨认着火车到达的位置。一个女人上来，吃着牛角面包夹火腿，面包屑掉在胸上，她吃一口擦一下，嘴角一直粘着一块面包，像白色的羽毛，好像她伪装成月牙形面包吃了一只海鸥。过一会儿，又上来一个拿着长形三明治的女人。面包屑也掉在衣服上,但她先不理会,等吃完后一起整理。从她们的行为方式上,我无法判断谁更不自信,我也不知道自己在生人面前吃东西会是什么样。我仔细观察她们,是在她们处理面包屑的动作中寻找意义,还是说明我对自己缺乏了解,坐在别人对面缺乏自信,总希望在琐事中找出对与错?

在思考邻座行为的同时,我从没有忘记我家里一定要挂一幅"英格·文策前往里米尼",这样我随时都可以看到她。我从未偷过模特英格一件衣服,但我偷了德铁的"英格·文策前往里米尼"。我等了好几个月,才碰到单独和她待在车厢的机会。她被粘得很紧,我用钥匙才抠下来的。之后不久,联邦铁路就换了别的广告画。如果当时不及时下手,别人就会把她从我身边偷走。她现在就挂在我的卧室里。

陌生的目光或生命是灯笼里的一个屁

  远离故乡的人，
  属于思乡狗。
  头上长出长长的草，
  脸上是夜班公交车的眼。
  每张嘴吹出陌生的面包。
  早熟的苹果身披灰色羽毛，
  晚时的布谷鸟露出火红的颊。

  以上文字首先要证明的，是陌生的目光。从另外一个国度来到德国，陌生的眼睛来到陌生地，因此产生了陌生的目光。很多人会满意这种说法，除我之外。因为移居并不能成为陌生目光的理由。陌生的目光是从我的出生地，从我了如指掌的地方带来的。怎样在熟悉的事物当中获得陌生的目光，我用日常生活中简单的事例来说明：

  我在村里有很多年骑自行车的历史。骑车穿过烟草地和果园，去到河谷或森林边，一个人漫无目的地骑行，是我十分喜爱的活动，这样能看到与步行时不一样的景色。土地在轮下流转，眼睛的高度是不停旋转的一条风景带。我十五岁进城，生活了五年的城市，也能让我感到路的流转和如带的风景。考虑良久，我买了一辆自行车。如果不是审问者突兀的一句话让我犹豫了一阵，我可能早就买了。他在我完全没有准备的时候冒一句："交通事故也是有的呀。"买完车的第五天，一辆卡车朝我开来，把我抛到空中。幸好只是肋骨上有点擦伤。两天后我被传唤的时候，审我的人又突然来了一句："是啊，是啊，的确会有交通事故的。"第二天我把自行车送朋友了，我没告诉她为什么，只说我不想要了。再一天我去发廊。人在镜子前还未坐定，女理发师说："你骑车来的吗？"我从未和她提起过我有自行车。"需要染发吗？我刚从法国搞来了颜色。"为什么不呢，我想，既然连一辆自行车都不能拥有，至少可以要一头金发吧。她把白色粉末和水搅拌成糊状，抹到我头发上。过了一会儿，头皮烫得像着了火。我对她抱怨，她说只有这样才能染出效果。结果整个头皮都烫伤了。头皮很快结了痂，整整两周我头上像戴了个核桃壳，梳头时像新鲜的面包屑一样往下掉渣。再去受审的时候，结痂已经好得差不多了，外面根本看不出痕迹。可审问者又突然说："要一头金发得受点苦，不是吗？"他怎么会知道这事呢？就像理发师怎么会知道自行车的事？

我下一次来到发廊，提到结痂的事，理发师只是轻描淡写地说了声"对不起"，就像说"你好"，没有表现出丝毫吃惊的样子。我离开前，她拿出三瓶法国香水。商店里没有香水卖，只能在黑市弄到，但黑市交易是非法的。我依次打开香水瓶，在鼻子上闻闻，没闻到什么香味，倒是闻出了上一次审问时的气味。审我的人指控我走私服装、化妆品和外汇，威胁要把我关进监狱。这些当然都是凭空捏造。理发师是想做生意，还是在引诱我上钩？

我没买香水。回到家后，冰箱上的盒子里有一张朋友留的字条："我想让你帮我剪头发来着，可惜你不在家。"我被工厂开除前，隔几个星期帮她剪一次头发。第二天，我去找她，问她是怎么进我家门。她说她把纸条插在楼梯间的门把手上了。话音未落，她突然食指竖在嘴唇上，拿起电话放进了冰箱。她早就怀疑电话里有窃听器。她把电话放进冰箱时，我向她描述我家的冰箱，上面有个小筐，我在筐里找到她的字条。她不信，我重复了好几遍，她不断地问我："你肯定吗？""你疯了吧？""你再仔细想想。"直到我开始奚落她，直到我们喝着咖啡，匙子在杯里搅着，咖啡的蒸汽在她手边弥漫，她说："你知道吗？他们也在我的咖啡里。"世界在一点一点地与我们的理性背道而驰。她还不知道自行车的事，也不知道染发结痂的事。碰巧我在发廊的时候，她去找我剪头发。尽管诡异而蹊跷，我还是把它归于纯粹的巧合。她的纸条自己跑到我冰箱上的盒子里，和她的电话被放进冰箱是一样的原因。这位朋友是个律师，接受的教育是逻辑推理，现在她不得不为纸条的转移找一个合理的解释：是穿堂风，还是门和窗缝间的旋风？她无法自圆其说，又不完全相信我。她很天真。尽管如此，我宁愿相信她，也不愿相信秘密警察真来过我的家。

这件事我至今记忆犹新，因为那是头一次发生在我身上，准确地说，是秘密警察第一次想让我知道他们来过。以后就是家常便饭了。

所以，自行车已远不是自行车，染发也不只是染发，香水不是香水，门把手非门把手，冰箱非冰箱,事物自身的统一是有有效期的。身边的一切不再具有确定性,它是这个,那个,还是完全不同的别的什么？最终只有琐碎物品携带它们重要的影子,那不是幻觉,不是对超现实的兴致,而是率真的赤裸或蛹一样的封闭,使得一切互相纠缠的轻率。我每次回家,都习惯性地检查一遍,看看和离开时有什么变化没有。我希望检查过的家能让自己亲近,结果是它让我觉得越来越陌生。卧室的椅子跑到厨房是一目了然的,但有些细微的变化,有时真搞不清是当天,还是前一天或以前发生的,只不过我当时没注意罢了。

一天过去,事情还是没想明白。我上床,过电影一样再细细地捋一遍,脑子在忙碌之中几近妄想。但睡眠是必需的,脑子不能总处于工作状态。我强迫自己把大脑的开关关上,否则,天一亮,新的一天又带着琐碎小事及其重要的影子来临。可是,如果做梦梦到这些情景,睡觉还能得到休息吗:

母亲脸上,从嘴角到眼睛,面颊上是一畦白色的砾石。我走在砾石上,鞋底嘎吱嘎吱响。一块小石子蹦进右脚的鞋里,把脚后跟磨破了。母亲用食指把石子取出来。我走近她的眼睛,眼睛周围是一圈黄杨栅栏，一个穿白大褂的男人坐在栅栏前的凳子上，摩挲着一条大狗说：这是条癌症狗。

醒来后我意识到，母亲的脸颊也开始拥有这重要的影子了。我说对了：再见母亲时，我立刻想起这个梦。我回避和她贴面，但母亲没感觉，像平常一样把脸颊伸过来。我吻了她一下，由里向外透出凉意。

这是几周以后的事了。梦到白色砾石的第二天清早，我起床洗漱，穿衣穿鞋，在左边鞋里发现一小块石子。我把它磕出来，是黑色的。一瞬间我想到的是：梦中它是白色，因为黑色在暗夜中看不见。在夜里左是右，像镜子中的影像一样，是反的。

陌生的目光，就这样在日常生活中产生，它渐进地、悄无声息地、冷酷地走进业已熟悉的街道、墙壁和物品。重要的影子从中掠过并占领一切，我怀着总是飘忽不定、由内向外燃烧的感觉跟随它。"查视"这个傻词大概就是这意思。这也是为什么我不能接受是德国赋予我"陌生目光"的缘故。陌生的目光不是新生的，它从熟悉的事物中来，与移居德国没有任何关系。陌生对我来说不是熟悉的反面，而是信赖的反面。不熟悉的不一定陌生，但熟知的却可能是陌生的。

让我学会思考及珍视生活的事物，与它们的影子无法分割，也让我了解到，事实本身并不是它们的全部。这超出了我的理解力，时间上如此大跨度的思考对我来说是一种全新的奢侈，只有独裁统治的倒台，才使它变得可能。独裁存在一天，我的生命就会受到威胁一天，来德国的头三年也是如此。在此期间，我只思考当下的事情。从一个地点到另一个地点是安全的，就像日子从一点走向另一点。但必须是在日子的环抱中，而不是凌驾于日子之上。就像走路训练，每个日子需要重新学习走路，而我不知道它根本不会走。关键之处总是隐匿于某处，其遗留的痕迹却昭然可见。轻率裸露的同时，像蛹一样自我封闭。

思考、谈话和写作只是权宜之计，这一点无法改变。它们永远不会击中已经发生的事件，连边儿都碰不到。记忆越是保留细节，我越是不能明白，自己当时是什么，是什么样，为什么会那样。只有四分之一或一半的内容清晰可见，而且每次看上去又都不同。只有清晰地思考才能使事物发生变化。

与那些生活在自由中因而常常无视自我的人相

比，我们对自身和环境的了解会更多。事实上，此时的多也意味着少。这不是因为我们的记忆力更好，而是逼不得已，有些事情的发生，让你不可能忽视自己。我们每个人都更愿意将自己忽略掉，发生事情比事情总发生在自己身上要轻松得多。

从自身的经历——我无法避免自己在其中的引人注目——中，我被迫知晓了许多与我的好奇心、我的目标、我的神经背道而驰，超越我期望值的东西。我前面描述的经历说明，自行车和染发、冰箱和砾石可以互换，但事物的更迭中，琐碎物品的重要影子不会变，因为威胁常在。

我们恐怕只能得出这样的结论：一个国家越不自由，人民被监控得越严，或早或晚，人们遇到的不愉快的事情就越多，就越不大可能忽略自我。在被观察与被评判中，自我感知系统自动打开，人们也被迫开始自我审视。查视不只存在于审问时的辩答，它已悄然潜入物品和日子的内部，表面上却看不出来。因此人们戒掉了生活中那些随意的、偶然的、无须评判没有目的的部分。持续不断的必要的谨慎将每一个日子记录下来，置于自我监督之下。不假思索地扫上一眼，让事物不留痕迹地经过，已经不再可能。"瞧"，以及人们在德国使用的所有表达这个动作的词，对我来说都是不过脑子的看，是我承担不起的。我要望的不一定能叫看，能同时将见到的解释清楚才算是看。

在监控国家，每个被查视者都有案可循，而且与国家的监视和记录一样详尽。

自我考察记录要应对观察者的考察记录。被威胁者的生活方式开始适应查视者的策略。查视者受国家委托进行监视，他的责任是掌握所有细节。被威胁者也在观察查视者，以免受到伤害。查视者攻击，被威胁者防卫。

查视者不必身体力行亲临现场才能达到威胁的目的，他是影子，本就存在于事物之中，将恐惧注入自行车、染发水、香水，放进冰箱和普普通通没有生命的物品中，实施着它的威慑作用。被威胁者的私人物品将查视者人格化了。

查视者必须出现在计算好的距离，以达到威胁的效果。他们出现时，在被威胁者眼中，就像个不明飞行物，一会儿天上，一会儿地下：他可能是你住所前一个站着看报纸的人，然后，车站上没见人，电车里却又冒出来，等下车时又不见了。当你走进面包店或离开服装店时，他又悄然现身。有时，目标正坐在露天咖啡馆，查视者骑自行车过来，下了车，坐到邻桌上。目标在回家的公共汽车上，可能会看到查视者在旁边一辆行驶的小汽车里。如此种种，不胜枚举。几天后审问时，查视者出现过的那些日子永远不会被提及，他们只纠缠中间那些空白时段。人们应放弃对他亲眼所见的信任。

查视者不只亲临现场，被威胁者的私人物品中也有他的影子。因此被威胁者不论在自己房里做什么，用什么东西，都会感觉自己和追踪者面对面，他在观察自己的同时也在观察对方，形成一种交互作用、彼此窥视的局面，一个疯狂的封闭的圈，一个谁都不让对方离开的磁场。其中最危险的是审问磁场。

审问时，指控不会停留在密探已观察到的情节中，那只是对事实的一个简单陈述，目的是进入更深不可测的架构。但陈述很重要，原告需要了解，他可以在事实中添加多少、添加哪些捏造的事件，他拼接的马赛克要有严格的逻辑，风筝才不会断线。未发生的不是缺陷，而是优势。虚构比现实可以更加自由地发挥。

被告从他的被动地位出发,为了防御的需要,所能采取的最好的行动,就是对虚构事实的反驳。"不"这个词俯拾皆是,在防卫时可以经常使用,也应该经常使用。但它又是个最笨的词,太简短,消失得太快,不易引起对方注意。"不"在审问时是防卫的反面,被告除了"不"什么都不说,等于在放弃,让指控的内容碾过自己。况且,被告的话越少,留给原告的时间就越多,这会让他更加充分地去捏造。

而"说话"则意味着同意了虚构。被告忽略了他本真的存在,忙于处理被虚构的自我,同时还得注意不能与虚构混淆。被告须严格遵循虚构,观点上不越内容雷池半步,以免生出进一步的虚构。虚构中滑出的细节,可能将原告原本不可能打开的大门撞开。多说一个字,都可能导致新的细枝末节的产生或遭受全方位的攻击。辩护时永远不要提及诉状中没有的内容,永远不要反问,不能破坏原告高高在上的良好感觉。但是,他让你说话的时候就得说,直至被打断。如果一味重复说"不",或保持沉默,都会激怒原告,让他感觉没有得到应有的尊重,败坏了他的情绪。他需要被告有事干,需要他的"合作"。被告需全神贯注，保持清醒的头脑，要时刻能分辨出原告是在重复老问题，还是在添加新罪名。在旧的罪行面前要特别小心，重复时须准确，最好不更换用词。要像原告一样和自己保持一定距离，又不能对自己无所谓，这是自救的唯一方法。只有在类似磁场正负极的关系中被告才有机会。

但是人只有一个大脑。每次审问时，都要把它分成几个区。一个审问结束了，下一个还在前方等着你。哪些区域能在大脑中保留，哪些会消失？谁能保证下一次不会出错？

大脑变得和国家的摧残策略一样疯狂，在国家的语境中却显得正常。磁铁关系中另外一极的目光成为你的第二自然和假想的支柱。

被查视者离开了监督国家之后，才算逃出了这个磁场。他目光快速地扫视周围的一切，那是一种训练有素、饱含不安的扭曲的目光。新环境中很少有这样的目光，于是它在外来者的脸上尤显突出。随身携带的陌生目光本身没有变化，它只是在完好目光中凸显出来，成为了新的。它不可能一夜之间被关掉，也许永远都不可能。

心智完好的人很快能感觉到这种目光，他们以为这目光是新的人群和环境使然。我常常听到人们用"抵触"来形容它。拥有这样"抵触的目光",难怪会受到独裁国家如此待遇。这样的言论意在假设,独裁统治是不得已才迫害我,而不是它迫使我拥有了这样的目光。

外来者使当地人变得敏感,使他们无缘无故感到极度的不安,本能地与外来者保持距离,都与这种目光有关。我不想为陌生的目光辩护,它只是在自行其是,不去顾虑无关的人与事,无意间暴露了自己的神经紧张。因为它只能如此。在车厢里,超市中,在候诊室和花店,它狂热地贴近并观察人们,令大家很不习惯。它将陌生的表情和姿态熨平,多年练就的功夫,使目光点到之处对情势能即刻了然。它对心智完好的正常人缺乏了解,一如正常人对它缺乏了解一样,往往得出无法更改的极端结论。陌生的目光好斗且毫无必要地防范,总是需要恐惧和持续的神经紧张,需要把自己推给某个随机的对手,利用那些无关的人,将恶意注入他们身体,然后用漠视、冷酷、奸诈予以回敬。如果对方态度友好,它会假意逢迎。如果人们不让陌生的目光称心,因为它将无关者的生活与自己带来的生活混淆,它会感觉受辱，转而走向自负。陌生的目光在无关者身上引发的敌意，又会不断造成新的挑衅。它抛头露面，好像要隐瞒什么。琐碎物品与其重要影子的复合体坐在陌生的目光里，是自我裸露与蛹状封闭的对立统一。这和监督下的生活非常相似。

我买过一张巴伐利亚的风景明信片，写着政治流亡者赫伯特·阿赫滕布什（Herbert Achternbusch）的一句话："此地已让我筋疲力尽。你们从它身上看出来之前我不会离开。"他风趣的妙语中见到哲学严肃。我只需改动一个代词，就能让这句话成为他简洁而壮观的肖像："此地已让我筋疲力尽。你们从我身上看出来之前我不会离开。"从他的身上看出，这就是陌生的目光。后来我写下这样的句子："一个人从某个地方带走的东西，都带在他的脸上。"

一方面，陌生的目光影响着正常人，同时，正常人也在毫无必要地防范，他们逃离受伤之地作为原因注入陌生的目光。

本地人与外来者之间的摩擦表现在两个方面。"陌生的目光"这一概念的内容是由当地人，亦即正常人定义的，这是他们的地盘，他们的语言，他们在这一问题上看法一致，什么都无法撼动：陌生的眼睛对陌生地太敏感——这种观念对正常人有利，这样他们既可以做好人又能与外来者保持距离。当心灵残缺的人以不同理由解释自己陌生的目光时，他们挥挥手表示不能认同。一个人能将多少被摧毁之物带到一个正常运转的世界，得到答案只会使人感到恐惧。在"陌生的眼睛对陌生地敏感"的共识中存有一个希望，那就是：等外来者习惯了新的环境，这目光就会消失的。

因为我还是写作者，遭遇到的对陌生目光的误读也是双重的。一方面他们认为我陌生的目光是到德国后才有的，同时，文学界还把它理解为一种独特的艺术，一种将写作者与非写作者区别的技艺。后来我才意识到，其实作家们自豪地利用并共同编织着这种误读。他们一再让自己和别人相信，写作有别于任何其他工作，并由此背负着与众不同的负担。作家把自己的工作描绘成一种特殊的生存状态，应当像金树叶一样被人艳羡。他们将陌生的目光作为一种美德来出售。

陌生的目光与写作无关，但与人生经历有关。我认识一位母亲，曾被关在布痕瓦尔德集中营。她从不让女儿穿木跟鞋,也不允许她在自己面前烤肉。野餐时她会出神地望着天空,微笑着说:"这里和埃特斯贝尔格(Ettersberg)一样美",然后继续吃她的东西,仿佛刚才只是在赞美一个普通的夏日。她营造的画面令人联想到豪尔赫·森普伦的文字:巴黎夜晚的酒吧,美丽的女郎在我眼前呈现死亡。林荫道的街灯下,雪花纷纷落下,映出布痕瓦尔德的死亡之地。森普伦是作家,这位母亲不是,但他们拥有同样陌生的目光。

在我还是个孩子,还没有获得这陌生的目光时,就体验了母亲对土豆的痴迷,体验了她在咀嚼土豆时的恐惧与狂热、厌恶和渴望。1945年,母亲十九岁时,被流放到今乌克兰境内的多奈茨贝肯(Donetzbecken)强迫劳教。在那里,她对土豆既诅咒又祈望,既爱又恨。土豆从来没填饱过她的肚子,把她拖进慢性饥饿,变成一个皮包骨的小女孩。但土豆又是基本的营养品,饿死还是活下去都依赖于它。母亲活下来了,从此与土豆形成一种永恒的共生关系。没有人吃土豆时会有她那样的目光,和她那样的呼吸。在嫌恶与饕餮的欲望之间,在语言中寻找多久,都无法找到一个合适的词来形容。

五十年后,她仿佛还会经由土豆从生到死,或者起死回生。她看着餐叉上的土豆片向自己的嘴慢慢移动,迷惘的眼睛开始潮湿。她从来不去用力扎破土豆,也从不在盘子里剩一点土豆渣。我一直不愿和她一起吃饭。我总是请求厨房灯、桌子和她盘中的土豆,求它们帮帮她,别让她吃饭时总是这样一副模样,让我必须面对这样的场景。

那时我还太小,家里不让我接触刀具,但削土豆是例外。母亲盯着我,要求我把土豆皮削得像皮肤一样薄,教我怎样顺着刀劲儿把土豆皮削成一根长长的圈儿。那时土豆已经不再匮乏,多到可以用它喂猪养鸡,但母亲还是紧盯着我,好像我的未来全要仰仗削土豆的功夫。因为她与土豆的情结,我必须在削土豆中学会削我的生活。除了削土豆技术,她从来没有这么上心地教过我别的东西,也从来没说过它为什么如此重要。提起劳动营,她只是寥寥数语一带而过。我的名字赫塔是她在那里最要好的朋友的名字,后来饿死了,这是外婆告诉我的。我从来没问过母亲,她在叫我名字的时候,是否会看到两个人。所有关于劳动营的细节,都是我从别人或书中了解到的。我想,也许她只在吃土豆时回忆劳动营的情景，这样在说话时就不必再去想那里了。或许叫我名字的时候，她脑子里也会浮现劳动营的情景？如果那样，她可高估了自己。

多年之后我出版了散文集《一颗热土豆是一张温馨的床》。但与土豆的共生关系相比，这又算得了什么。比起用自己亲生的孩子纪念一个死去的朋友，这又算得了什么？

将陌生的目光归结于接触到陌生的环境是荒谬的，其反面才合理：陌生的目光来自熟悉的事物，只是其中的理所当然之处被抽离了。没有人愿意交出理所当然，每人都依赖顺从自己、不失天性的东西，那些人们用来劳作却不会在其中照出自己的工具。如果在物体中照见了自己，坠落就开始发生，人们在每个细小的姿态中都会见出深刻。与事物的和谐弥足珍贵，因为它爱护着我们，我们把它称作理所当然，它只在人们意识不到时才存在。理所当然是我们最无须努力的拥有，和我们保持着恰当的距离。当人们不为自我存在时，它是完美的呵护。最难的是，理所当然在离去时不是单个地、有数地将人遗弃，而是一下子大量抛弃与它不再协调的东西。此时会生出这样一种感觉，不停地飘，不断地跳。这不间断的自我感知与外界乱伦,与自己通奸。我们能感受到身体里一根根过度紧张的神经,却无法摆脱。我们既厌恶自己,又不得不爱自己。

那几年总是处于类似的状态,我曾希望自己疯掉,这样不必干掉自己就能将自己遗弃。我期待疯狂能带给我另一种理所当然,它不再需要我,因为我已面目全非。在精神病院工作的朋友斥责我,我当时没有真正理解他的用意,以为他骂我是因为喜欢我。他骂得对,因为当时的我根本不知道自己在说什么。有一天,他领我到郊外乡下的一个精神病院——他是摇滚乐手,为病人做音乐治疗,自从摇滚乐不能再登上舞台,这是他赖以为生的手段——他带了些唱片,有打击乐、爵士、摇滚、讽刺小调。病人们听到音乐,反应各不相同,有跟着唱的,有摇头晃脑的,有心不在焉的。我不知道他们是真听懂了,或者只是需要一个活动,让自己暂时摆脱杨树上乌鸦的叫声,和脑袋里不停的吵闹。

在那里,我没有看到一个因政治原因错乱的病人。政治病人的理所当然会回归大脑,在癫狂中不断用他们从正常生活中带来的恐惧折磨自己,会颤抖、哭泣、扭曲肢体,极端的痛苦中是全然的精神缺席。观察一段时间就可以看出，谁是因个人原因，谁是因国家恐怖主义变成精神病的。更让我吃惊的是，在他们身上我看到某些症状自己偶尔也会有，只不过更短暂。原来我业已习惯的状态竟是精神错乱的前兆。

有时我会突然不能辨别钟表上的时间，过一会儿又回过神来——神志在某个时刻被关掉了。桌上的闹钟发出公共汽车的喧闹，我明知道那是闹钟但还是害怕出车祸，必须把它关掉，因为它想成为一辆公共汽车。一小时后，我再打开。这时汽车已经开走了。

我常常记起物品的形状折磨我的那些日子：露天咖啡馆的桌子是圆的，头顶的太阳圆圆地照着。女招待拿着抹布过来擦桌子，她手中的托盘是圆的。她的鞋带、脚镯是圆的，她的手表、上衣的扣子是圆的，眼白包着的褐色瞳孔是圆的。我半开玩笑地给自己点了当日的冰激凌球。端上来的时候，盛冰激凌的杯子是圆的，水杯是圆的，我推开水杯时溅湿的戒指和我的指尖是圆的。我付账用的硬币，还有孕妇、手杖、缺了一根手指的人们，全都堆砌成圆形的小山。

去过精神病院之后，我不再想疯掉了，努力保护着自己的理性。我不应该把身体送给疯狂，即便不认识自己，也不再折磨自己。

认为通过修辞训练和语言理解能获得陌生目光的人，不知自己能逃离陌生的目光该有多幸运。他不知道自己与非写作者相比应被轻视，他的虚荣在大多数人群——非写作者——被打击的地方随风飘散。他不知道自己的态度多么厚颜无耻，而且未经检验随意而来。陌生的目光与文学无关，它不在人们写作的笔下，也不在夸夸其谈的嘴边。它在木头鞋跟里，在烤肉架上，在野餐时的天空，在土豆里。唯一与它有关的艺术，就是与它同在。

有时我对自己说："生命是灯笼里的一个屁。"如果这句话没用，我就给自己讲一个笑话：

> 一个老人坐在房前的长凳上，邻居走过时问他：
> 哎，你在干什么呢？坐着想事？
> 老人回答：不，我只是坐着。

这个笑话是对理所当然的最简洁描述，我知道这笑话已经有二十年了。二十年来，我一直和老人并肩坐在长凳上。但直到今天，我还是不能真正相信他。

红花与棍子

独裁统治下的国家，人们的很多的时间都是在开会中打发掉的。开会时可以看出管控下的罗马尼亚社会大家说话的方式，或许独裁统治社会都是一样的。讲话时，所有真实的东西，每个人特有的气息和细微动作全都消失殆尽。我看到和听到的都是可以互换的角色，他们离开自我，为了功成名就，走进政治角色的机械动作中。在罗马尼亚，整个意识形态都是对齐奥塞斯库的个人崇拜。和我小的时候，乡村教师想把对上帝的敬畏植入我大脑一样，干部们不断宣扬他们的主义：你所做的一切，上帝都看在眼里。他无边无际，无所不在。独裁者上万个雕像遍布全国，配合他的讲话对人们潜移默化着，长达几小时的演讲通过广播和电视，使他的声音成为空中的控制。每个公民熟悉这声音就像熟悉掠过的风，飘下的雨，也熟悉他讲话的风格、手势以及额上的卷发、眼睛、鼻子和嘴。同样的内容翻来覆去，和天天打交道的日用品一样熟稔于心。但只靠重复还不能保证人们对独裁者的认可，于是，干部们在公开场合竭力效仿他的姿态。齐奥塞斯库只上了四年小学，略微复杂的内容和简单语法对他来说都是障碍，加上先天的缺陷——在元音间切换或两个辅音快速相连时会大舌头——使他说话时像是在咕哝。他试着把音节划分成更小的音节，说起话来像狗叫，同时不停地做手势转移人们的视线。可以想见，模仿这样的表达，对罗马尼亚的语言来说是多么可悲又可笑。

那时我常说，这个国家的年轻干部是最老的。因为他们模仿独裁者时毫不费力，比年长的人更加惟妙惟肖。当然，这是他们事业刚起步时必备的技能。后来，当了几天幼儿园教师，我才明白那不是模仿，他们其实是在扮演自己，因为除此之外他们没有属于自己的姿态动作。

我在幼儿园上了两个星期班，发现五岁的孩子就开始模仿"领袖"，痴迷于颂歌。我因"个性太强"，不主动适应集体，缺乏觉悟，被工厂和几个学校开除了。失业一段时间后，来到这家幼儿园。当时开园已经很久了，有个老师患了黄疸病，需要康复一段时间，让我去代课。我接到通知时心想，幼儿园应该还好，这个国家的孩子应该还拥有童年，不至于像学校被意识形态空洞而稳定的破坏力影响到，那里肯定还有积木、娃娃和舞蹈之类。我接受这个职位的另外一个原因，是我当时已经一文不名，每个月还得支付债务和房租。就我的情况，谁都不能指望我长期租房——不堪秘密警察的威胁，房东最后都会选择把我扔到大街上。我靠我母亲——一个公社社员——在地里的辛苦劳动所得维持生计。

上班第一天，园长带我来到班上。一踏进教室，她就略显神秘地对孩子们说："颂歌。"孩子们自动站成半圆，双手笔直地放在大腿两侧，伸长脖子，眼睛望向天花板。他们从小桌边跳起来时还是孩子，站成半圆唱歌时就变成了士兵。与其说他们在唱歌，不如说是在吼，在叫，重点是声音的亮度和身体姿态。颂歌很长，近年来增加到了七段。我失业已经很长时间，对新加的段落完全不了解。全部唱完后，半圆解散，笔直站立的士兵又成为欢闹尖叫的淘气孩子。园长从书架上取下一截棍子，对我说："这个可不能缺。"然后把四个孩子叫过来，咬着耳朵对我说，这几个是孩子重点关照对象，并逐一介绍了他们家长的职位，其中一个竟是党总书记的孙子。她说，对他尤其要上心，他听不得反面意见，挑了事也要偏袒他一些。交代完之后，园长让我和孩子们单独待在一起。书架上有十根棍子，铅笔一样粗细、尺子那么长的树枝。其中三根是断的。

那天，外面下起入冬以来的第一场鹅毛大雪，一个冬天都没有融化。我问孩子们想唱哪首冬天的歌，他们说不会。我又问夏天的歌，他们还是摇头。春天的？秋天的？结果都一样。终于有个男孩建议唱一首采花歌，歌里有青草地，也就是一首夏天的歌了。孩子们对这种分类显然很不习惯。唱着唱着，第一段描写夏天的情景过后，第二段就成了领袖崇拜，最美的红花献给最敬爱的领袖，第三段，领袖高兴地笑着，因为他是所有孩子们最好的领袖。

第一段关于草地、青草、采花的描写，孩子们的小脑袋根本没有理解。从第一句歌词开始，歌声就充满了狂热，这狂热驱赶着他们快快地跑，他们越唱越高，越唱越尖，越唱越快，越来越接近献花和领袖的微笑。这首歌虽然容忍了一段夏日景色，却禁止人们去想象风景，只起到了起头的作用。同样，它也封锁了对敬献的理解，因为它需要唱歌的人精神缺席，要牢牢控制幼儿园里的一切。齐奥塞斯库虽然经常把孩子抱在怀里，但这些被抱的孩子前几天都被置于医生的严格检疫之下，以防把病菌传染给他。

  我还记得自己小时候唱过的几首冬之歌，最简单的一首是"小雪花，小白裙"。我开始教他们唱，给他们解释歌词大意，让他们凝神想象雪在城市缓缓落下的情景。一张张稚嫩的小脸默默地看着我。听觉与视觉对诗意画面的欣赏，即便有时让人害怕，令人伤感，却依然能带给我们庇护和力量。但这些体验全部远离了孩子。每个人眼中飘落的雪花应该有不同的美，在这个国家却不能成为主题。国家已经游离于感情历史之外，像"小白裙""住在云中"这样形象化的语言，禁止灌输到孩子们的脑袋里。雪之歌对这些幼年就已踏上歧途的孩子来说，太过安静。他们的感情冲动需要在立正和吼叫中体现。文明社会对个性的培养，从个体出发去理解自身及周围的事物，在这里不存在。这正是国家所需要的——软弱性格的培养要在皮肤还稚嫩的时候开始。将来要想克服自己的软弱，唯一的办法就是巴结权势，否定自我，委曲求全，惟其如此才有机会。无须逃避的自我意识，不是这个国家所需要的。

我在幼儿园上班的第一天，就让孩子们穿上大衣，戴上帽子，穿好鞋，到院子里去看雪。园长听到衣帽间的吵闹声，从她办公室跑出来问情况。我说，是为了一首雪花之歌，在教室里讲不好理解。结果，半小时后我们不得不回到教室。"你究竟在干什么？！"她朝我喊道，"这首歌大纲上根本没有。"我们只好在教室里玩耍、休息、吃饭，然后唱歌。

第二天早上，我提的第一个问题是，有谁留意过大片大片的雪花"住在云中"。我自己也曾经是个孩子，曾仔细观察过。上班路上，为了给自己打气，我还在心里默唱了一遍。我有些尴尬地问他们，是否还记得昨天唱的歌，这时一个男孩说："老师，我们应该先唱颂歌。"我问："是你们想唱呢还是必须唱？"孩子们齐声喊道："我们想唱。"我只好让步，那就唱颂歌吧。和前一天一样，他们迅速站成半圆，手压在大腿上，伸长脖子，眼睛向上，唱啊唱啊，直到我说："好了，现在我们来试试雪之歌。"一个女孩儿说："老师，我们得把颂歌唱完。"再问他们是否愿意已经毫无意义了，我只说："好吧，把它唱完。"他们把剩下的段落唱完，半圆解散。所有人坐回桌边，只有一个男孩走到我身边，盯着我的脸，问："老师，为什么你没有和我们一起唱。别的老师总是和我们一起唱颂歌。"我微笑着说："如果我和你们一起唱，就听不出你们唱得对不对了。"我算走运，小卫士对我的回答没有思想准备，其实我自己也没有。他跑回小桌边。他不属于班里那四个高干子弟。一瞬间我对自己及时编造的谎言很得意，但是，迫不得已这么做的原因，却让我一整天不得安宁。

每天早晨我都不情愿去上班，孩子们时时刻刻的监督让我提不起兴致。我很清楚，五岁的孩童只想唱颂歌不可能是出于天性，他们的本能应该更喜欢雪花之歌，而不是笔直地站在那儿吼叫。客观上不应该给三岁幼儿灌输任何个人的东西，但主观上他们有这个潜质。到了五岁，主观的也不行了，已经为时太晚。这一点一天比一天更清晰地摆在我眼前。对人类本质的滥用在内视，在贪婪地延续。毁灭在幼年业已完成。

以上只是事实的一半，另外一半是有关棍子的。所有孩子，除了那几个得到特殊礼遇的高干子弟，一旦我走近他们，无论什么原因，一个个都缩起脖子。我并没有拿棍子，但他们对挨打已习以为常，因恐惧而扭曲的脸乜斜着我，似乎在祈求："别打，求你别打。"而离我远一点的孩子则喊着："这回轮到你了，轮到你了！"

我从没用过棍子，结果呢，要想让他们听我说话，解释和喊叫都没用，他们连五分钟的安静都保持不了。这一点也为时已晚。用正常声调，无论什么样的语气，都无法达到沟通和传达的效果。令人昏睡的空洞的说教只能配合棍子来完成。

这些孩子有时逼着我满足他们被殴打的需要，好像不挨打就是被抛弃，让他们陷入一种歇斯底里的空虚状态。棍棒下的哭泣是他们唯一能感觉到为人的方式，将他们从集体中突显出来。

经过其他教室半掩的门，我常常听到里面传出棍子抽打、断裂和孩子哭泣的声音。在视棍棒为家常便饭的园长和同事们看来，我很不够格。或许，在需要哭泣的孩子们眼中我更不够格，甚至是无能的。我真不愿意，也确实没有能力，拿起棍子。

我也越来越不能胜任自己。既不能和别人一样，又无法回到从前的自己——冲突无法解决。两周后，我辞职了。

大脑直觉产生的文字，我们自然而然地援引并说出它们，其实并不是与生俱来的。它们可以通过学习获得，也可以被阻隔。独裁统治下的社会，它在孩子们的教育中被阻隔。在成人世界，它在记忆中被剔除。

岛在内，国界在外

到德国后，常听人说某某某"岛熟"了，意思是说他或她就要去岛上度假，是旅游者的岛之乐。

组成"岛之乐"的两个词，对我来说是两匹朝不同方向奔跑的马。"岛"与"乐"格格不入。我在独裁统治下的罗马尼亚生活了三十年，每个人相对别人来说都是一个岛，国家是个大岛——一片对外隔绝、对内严格监控的疆域。在国家的广阔岛屿上，遍布着许许多多的个人小岛。二者在制约中叠合，两个彼此制约的事实，只需一个，而且是其中任意一个，就能打破这种关系。

在家里，我们彼此之间也互为岛屿。我的童年，是在五十年代斯大林时期，在一个远离城市却没有远离政治，没有一条柏油路的偏远村庄度过的。三四个干部统管着这里所有的人，所有的东西。他们刚刚完成学业，从城市来到这穷乡僻壤开始自己的职业生涯，他们的工作就是威胁、审讯和拘捕。

村里有405户人家，约1500人，大家都在恐惧中度日，没人敢随便吭一声。还是孩子的我，虽然不了解大家怕的是什么，那种恐惧的感觉却深入骨髓。我们家每个人都曾有过悲惨的经历：外祖父母作为"剥削阶级"，被剥夺了田产和杂货店。当地曾名噪一时的首富，一夜之间连理发的钱都付不起了。他们的儿子死在战场上，他们的女儿、我的母亲，被流放到苏联劳动营整整五年，在饥寒交迫中历尽生死考验。我父亲虽然从战场上活着回来了，却整日泡在酒精里无法自拔，天天喝到双膝发软舌头打转儿。母亲将自己投入无尽的劳作，试图在身体的极度疲乏中忘掉痛苦。外公做家务时总是嘟嘟囔囔，外婆没完没了唠叨着她的经文……我对一切懵懵懂懂，只感受着这无言的沉默的废墟，一个人到处游荡，希望能离开他们，也离开自己。在没人看得见我的时候，大声自言自语。我从小就了解岛之痛，它是家里和村子一切不幸的源头。和我们相邻的是两个罗马尼亚村，一个斯洛伐克村和一个匈牙利村。每个村子都有自己的语言，自己的节日，自己的宗教，自己的服饰，自成一体。德国村的村民要为希特勒的罪行承担责任，虽然战争期间他们只是孩子或半大孩子，有的甚至还没有出生。村头碧绿的山谷，在我眼中有时也是孤岛。独自放牛时，望着合为一体的天空和草地，我可怜的皮肤感受着风景的无边无际。景色之美成为一种威胁，像一只有摆的钟，把自己的嘀嗒声吃进肚子里，把我从草地抬进跟跟跄跄的蔚蓝，从高处扔出去，或者按进草地下被踩得结结实实的墓地的漆黑，再扔出去。

我们这支德国少数族裔被视作纳粹德国佬的孤岛。我们自认没有过错，却不得不忍受来自罗马尼亚人的惩罚。罗马尼亚人和安东内斯库一样不也曾是希特勒的盟友？和所有农人一样，我们本来就天性寡言，在这段"历史"的打击下变得更加沉默。我们表面恭顺，无条件地在国家的——不久前还是属于我们自己的——耕地上劳作，内心却自视高贵，远离所有与社会主义相关联的词汇。偶尔，大家喝酒时唱一曲纳粹军歌助兴，不去顾虑这和希特勒有什么牵连，由此产生的恐惧更激发了他们传承民风习俗、弘扬种族传统的斗志。他们在欢快的气氛中保持谨慎，却不屈从于谨慎。不，这不是什么岛之乐，只是夸张的民族主义的集体恐惧，拒绝他人剥夺我们这"一小撮"的根本——"德意志民族性",用自己的精明强干让其他人种相形见绌。是的,作为孩子,我属于他们,是他们岛之痛的一小块,继承了他们身上的一切特质:在国家面前,我是个胆战心惊的纳粹小德国佬,内心却十分自负,"我们"德国人就是比其他人种强。尽管这第二种心理,在我独处的时候毫无用处,不论黑暗中躺在床上,还是在巨大的翠绿山谷中放牛时。这种巴纳特施瓦本的优势心态与国家刁难之间甚至存在着某种因果关系:正因为我们是优等民族,我们注定要饱受磨难,这是家庭教育告诉我的。巴纳特有一套独立于国家之外的意识形态,使我们面对强加的耻辱能够保持平和的心态。但具体到每人的生活,具体到我们的每一天,每个小时,每一分钟,具体到村庄的街道和山谷,却没有丝毫意义。我从小就意识到这一点,却没敢深想。虽然我更愿意与他人分享,孩子总归希望自己能属于一个家,属于一个村庄,需要依赖有些"永恒"意味的东西,但我还是从"我们"中脱离出来。我在渴望归属中越来越疲惫,发现大家多多少少也都对自己感到疲倦,用埋头苦干遏制内心思想,应对党员干部的警觉,同时将优秀的"我们德国人"展示给外人。我本能地,因而不可避免地，从里到外都不属于他们，但我不会公开承认，也不去想这其中的原由，估计大家都一样，只要不是从我身上看出来就行。上帝为我们人类发明的最好的东西就是头骨——厚实，无法穿透。这个拥有三百多年传统礼仪和风俗，捍卫集体荣誉，为维护大我可以牺牲小我的村庄，是我无法理解的。孤独横穿日子，让生活中的一切变得毫无意义，那是我自己的疏忽和失败。

这些年不自觉中形成的模式，在我十五岁进城上高中之后依然延续。我至今不清楚这种模式的再确认让人更轻松还是更沉重。在城里，乡村孩子是城市孩子中间的孤岛。我上的是德语中学，大部分学生来自罗马尼亚的精英阶层，衣着考究、思维敏捷、才华横溢。他们蔑视乡下人：这些可怜的蠢才也想有所造诣？他们嘲笑我就等于在嘲笑全村人。我痛苦地发现，村里"精英"们的自视甚高终了只是自以为是的幻觉，他们的理念在三十公里外的城市全部变成一文不值的废话。城里人很机敏，身体和舌头都会谄媚，爱干净，学习勤奋。我不明白为什么家里人总说罗马尼亚人又脏又懒。不过，他们有一点是对的：对干部们要多加小心。他们不费力气就能成为班上的监督者，天生适合做党务工作、主持会议。他们出身好，拥戴国家，在家里，父母同样身体力行地教育他们自己高人一等，只不过他们的高人一等是国家认可的。他们自有一套逻辑：国家精英不仅要自身出类拔萃，在国家的质疑对象面前更要表现得优秀。

校外，在城市的街道上，对可怜的皮肤来说，一切仍旧太大，只不过方式不同。我开始想家。后来，读到有关乡村现象和国家社会主义的书籍，我仿佛看见自己的村子成了个被鬼魅地移出世界的箱子，矗立在玻璃幕墙后，盛满冷酷而僵化的人。我不和干部子弟来往，但我想成为普通的城里人，成为那些成千上万游走在商店、公园、电车上的人们中的一员。我在柏油路结实的岛屿上认出许多四处游荡的孤岛，监督下的城市的岛之痛天天写在他们脸上。我看着警察们大肆搜捕，当众把人押走；小偷被抓后大头照挂在商店门口的橱窗里向众人展示，他们的脸因恐惧而扭曲。与之相映成趣的，是公园小路旁展示的模范工人和社会主义英雄人物的假笑。我看着马路上或年轻或年老的尸体躺在尘土中，行人无动于衷地经过；我看着国家葬礼上的排场，丝绒装饰的卡车上敞开的棺木，和围观的人群玻璃般好奇的眼睛。他们的目光充满对一个下流家伙死后还要讲排场的厌恶，掺杂着难以抑制的嫉妒和自己享受不到的遗憾。但没有人敢于流露他们的鄙视和嫉妒，因为人流中总有注视你的眼睛，头脑需时刻警醒，半句话都可能多余，一个欠考量的词或许会带来严重的后果。舌头的失误被监视者抓住，你未来的生活可能会急转直下，过去的生活也要一起拿来清算。于是，每个人被迫成为孤岛，猜疑成为基本情绪，无时无处不在。每个人都是一个四处游荡的秘密，盛满了禁忌。是不假思索地直接说出，还是把一切藏在心里，怎么做更明智，这是普通人见面时，首先要思量的，像黑夜和白天一样自然。每个人都清楚，他们心中的所想是大忌，不能被对方发现，永远不要用词语或行动去证明天下大白的事物。罗马尼亚伟大的超现实主义作家盖鲁·瑙姆（Gellu Naum）在他的作品《齐诺比亚》中写道："……对某些事，必须保持沉默……别人就他们的能力能理解多少是多少，每个人说出的比他知道的要少，理解的比他听到的要多。他理解了的别人不会对他说，因为他无法理解他听的，如此种种……"

精英阶层——那些经济领域及党政、部队的干部,安全人员,警察——是另外的孤岛。他们生活在国中之国,有专属的住宅区、商店、医院、餐厅、猎场和度假胜地。和普通百姓相比,他们的生活就是岛之乐了。但满足是有限的,因为他们得想办法让老百姓保持沉默和害怕,这需要有策略的、成效卓著的工作。不同等级之间的差异是普遍现象,但体现在日常生活的每一个角落,就会招致大众的深恶痛绝。只有地位等同的人才可能享受特权,但他们之间既是同伴又是对手。和我们德语村一样,他们也把维护自己的岛屿看作一种责任,所有行为必须符合更好的我们。他们也需要归属感,一切都属于精英小集团。他们是使民众大岛群感到害怕的小岛群,要维护他们自身的权力,必须服从其意识形态规范。他们虽然高高在上,却随时可能倒台,其地位、优势、物质保障、生活方式可能一夜间丧失殆尽,连同整个派系一起跌入平常百姓悲惨的生活中。到那时没有人会同情他们,普通人只会远远地幸灾乐祸地看着那些没落的高官。

一个靠武器和猎狗维持边境的国家,就是一座孤岛。人们随身携带的秘密之一就是逃跑的想法。他们心里没有岛之乐，只有逃离的愿望，不论代价多大，都要远离岛屿。既然别无他法，就只能拿生命冒险。与匈牙利的绿色边界以及与斯洛伐克接壤的多瑙河强烈地吸引着人们。他们将理性扔到脚下，不论多少令人毛骨悚然的故事流传，大逃亡依然不断上演。绿色的边境线上，在收获小麦的季节，收割机之间能看到被击毙或是被猎狗撕碎的尸体，多数尸体上既有枪眼又有犬的齿印。多瑙河上漂浮的残肢，属于被船只追赶的逃跑者，身体被船桨绞碎。然而，逃跑的愿望却越来越强烈，上升到一种歇斯底里。对毫无意义的日常生活的厌倦，变成一种病态的希望，希望通过冒险在陌生的地方创造全新的生活。逃跑意识成为伴随日常生活的本能，人们把自己的国家看成临时居住地，早晚能逃出去的信念成为他们活下去的唯一精神支柱。这造就了大量的机会主义者。一方面，在事情搞定之前不能引起别人的注意；另一方面，要努力做到事业有成：爬得越高，机会越大。利用别人对自己的依赖和影响力，利用对下级的压迫去谄媚和贿赂上级。很多干部都用"上台"作伪装准备逃亡，他们最终能够定居国外并非偶然，是长期努力的结果。他们自嘲地告诉别人，外逃是他们人生最大的奢侈，他们都曾是"具有高度社会主义觉悟"的人。众多高官逃跑后恐怕得重新定义政治觉悟这个概念了：社会主义觉悟的最高发展形式就是逃往资本主义。高干的外逃和普通老百姓绝望的逃亡不能同日而语，那是一种保险的交易，死亡风险为零。虽然大众没有这样的幸运，虽然逃离之前自由从未真正属于过他们，但是，看到高官与国家统治者背道而驰，他们还是会在一旁幸灾乐祸。

每次坐火车从蒂莫什瓦到布加勒斯特，他国作为一种生活前景带来的巨大吸引力，会由朦胧渐渐变为清晰具体的画面。有一段路途，火车紧贴多瑙河，几乎是挨着边界行驶。所有人，无论男女老少，包括身着制服的军官和警察，都来到走廊向外注目。大家被催眠了一般，仿佛在集体瞭望他们的未来，仿佛冷漠的多瑙河是一个流动的、适合每个人的逃跑预言。所有人站在那儿一动不动，肃穆的氛围如教堂一般。宽阔的、左右摇摆的河流，不时现出几处狭窄的水面，肉眼看上去完全可以游过去。对面是南斯拉夫，是通往西方的中转地。我们能看到村庄，能看到树木在那里招摇，仿佛在挥手召唤人们。谁都不敢看别人的脸，皮肤不真实地紧绷着，像涂了层蜡，或是被冻住一般闪着微光。做梦的感觉紧紧攫住每个人。一个最基本的问题：逃，可是怎么逃？每个人怀着同样的心思，让车轮的轰隆声一度听起来像："我要离开这儿，我要离开这儿。"不断地重复。多瑙河畔，车轮在铁轨上清晰地唱出它们的压抑，让人直想叫它们闭嘴，因为站在车厢的旅客就像被逮住的合唱团。过了多瑙河，所有人又默默回到车厢，回到自己的座位上，回到他们的现实生活中。

我又一次经验了岛之乐的反面——岛之痛，其实我就没有离开过它。说到"幸"，我要探讨一下"幸福"与"幸运"，两者不仅不同甚至含义完全相反。"幸运"，是等待中最坏的事没有发生，是因为"幸福"根本不可能。"幸福"是持续的状态，是一段平坦的路面，是内心的承载，是一种感情定义，它基于自身巨大的奉献。"幸运"是一时的、外在的，与感情无关，常常来自无法解释的偶然。"幸运"的发生如同打响指一般飞快，人们往往在事后才反应过来，有可能是一会儿之后，也可能是几年之后。当人们追溯往事，才发现自己当时竟毫无察觉。一旦意识到自己刚才"如此幸运"，人们会体验到一种强烈的幸福感，即便如此，它依然是"幸福"的反面，因为它是无耻的、放肆的、从生活的外在设计中逃离的幸福。尖锐的幸福感令人眩晕，狂野地穿过身体，须立刻发泄出去，因为它无法淹没外在的目标。当外在目标将它覆盖并重新没收前，它会自己停下。

尽管身处悲惨境地，"岛之乐"依然是一种私人的幸福，一种个人有意识的"大脑幸福"。它是可以通过理性创造的幸福方式，可以通过书本知识量身定做。但是，如果从书本上生搬硬套，对个人痛苦的日常生活也没有助益。我有很多亲近的朋友，我们经常一起阅读、讨论，用读过的书对照我们的生活。我们在通俗书籍中，在那些朴实的描述、详尽的分析和客观的评论中查对我们自己的悲惨生活，在诗歌和小说充满诗情画意的语言中见证这些悲惨之处。两种读书方式都为我们带来精神支持，因为它印证了我们的处境，使我们不再孤独沉默。书并不能改变什么，它只是告诉我们，如果无法为自己创造幸福是一种什么状态。这就足够了，我没有指望一本书能带给我们更多。如果理性创造的"头脑幸福"无法令人幸福，其中没有"岛之乐"，那它指的就是"心灵幸福"。但我们称之为"心灵之物"的东西并不在头脑中。那些劳碌的，还有那些被毁掉的人们能否将他们所依赖的亲密关系保存完好？爱不是他乡，它就在脚下和头上，天天要面对的周围的一切。爱可以让我们更加珍惜自己一点，在监督国度的被忽视与被折磨之中，感到自己并非一无是处。也正因如此，爱成为自由缺乏症的替代疗法。我没见过哪个国家的人们会对爱如此饥渴。我工作过的工厂和学校，无论哪个阶层，到处是婚外关系，男人女人像磁铁一样彼此吸引，工作岗位的艰辛使他们对任何环境都能处之泰然，在工厂的某个隐秘肮脏的角落体验被爱的快乐，能让流水线上或写字台边的痛苦变得可以忍受。结果是，这里的男女关系中充斥着谎言、诡计、伪善和自我谴责，家庭暴力、婚姻破裂和被遗弃在铁轨上的孩子，比任何国家都多。拥有疲惫神经的人是无法获得"心灵幸福"的。

"岛之乐"中还有作为风景的岛，岛之乐是人与自然融为一体的和谐。但我的经历告诉我：风景无法脱离国家，它独自存在是不能通行的美，残破的神经无法适应。风景冷漠地站在那里，无所谓人类身上发生的一切。它是停火状态，是避开了繁忙时光的静穆，是长着绿色牙齿的浑然不觉，它只需要自己就够了。过度紧张的神经无法承受美的出其不意。风景成为存在闪亮的上演，是所有恐怖的全景画面，是被剥夺的理所当然的加倍。如果柏油马路上没有出路，风景在人们的感知中就是一种傲慢的物质，占尽时间的优越：远古的石头，永恒的水流，花叶与青草无尽的轮回。它们全都没有记忆，对过去和未来没有任何思虑。美丽的词"Blattnerv"（叶脉，叶子－神经）不是人的神经，"Blattader"（叶脉，叶子－脉搏）也不是太阳穴或颈静脉。要追寻"岛之乐"，就必须放弃对它们的思考。

要获得"岛之乐"就必须信任岛屿。如果一个正常人走来，岛屿只会待在自己的地界，静静等待人们对它发出赞叹。如果人走来时已经慢性恍惚，岛屿就会介入，亲自动手，在非麻醉状态下对人进行解剖。人必须反抗，否则它会毫无顾忌地将自己注入人体，让人更加支离破碎，将人岛屿化。在与岛的激战中，人总是败下阵来。

西方的文学圈流行一种民意调查,有杂志每隔几年就会组织一次,目的在于判断一个作家在其他作家心目中的重要性。问卷的问题是:"如果您得一个人去岛上度假,您会带哪几本书?"这个问题在我看来幼稚得可以。如果我得去岛上度假,那我没有选择,我不能带任何我喜欢的书,因为每本都是被禁的。是的,或许正是因为我喜欢这些书,没有把内容铭记在心,就得去岛上。上岛是书带来的惩罚。如果我不是得上岛,而是因为我想去,任何时候只要情愿就可以离开它,随自己心意来与去,想带什么书带什么书;或者待在岛上,让别人把书寄来,那则另当别论。西方知识分子说起"岛"时,闻到的是自由的香水味,岛是法律和规范被废之地。加之还可以读一本好书,简直就是自由意志的巅峰。当然,人们不只会带好书上岛,顺便也会带上好衣服,好化妆品,好食品,还有一个好的健康,以及预防疾病的好药。

为什么从未体验过压制的西方杂志,需要这没头脑的颠覆之痒,只为让自己的问卷更吸引人。他们当然知道,历史上曾经有过安置瘟疫和麻风病人的岛,过去和现在都有关押犯人的岛,纳尔逊·曼德拉就曾被关在岛上,库尔德工人党领袖阿卜杜拉·厄贾兰也曾是某监狱岛上的唯一居民。统治者认为水的防御效果不错,常常把它当作隔离带。尽管如此,对西方知识分子来说,"得上岛"还是充满了个人自由,他们既不被岛也不被得所激恼,他们用一个以非自由为前提的句子来追问自由的选择。他们脑子里装满了书,没有一本让他们对非自由有点滴的领悟。

在我们德国

刚从罗马尼亚来到德国,我受邀参加一个家宴。走进厨房,主人的烤箱里烤着小羊肉。头一次见到玻璃罩下亮闪闪的烤箱,我无法移开自己的目光。光线使肉成为一个展品,灼热的气泡窜来窜去,呼吸着,然后一个个破灭。我看着散发褐色光泽的肉块,像欣赏彩色电视机里的风光片:阴霾的太阳下,是居住在羊肉脉岩里的玻璃小动物。主人打开玻璃门,一边旋转一边说:"卡内蒂也是罗马尼亚人。""不,他是保加利亚人。"他说:"哦,是吗,这几个国家我总弄混。不过首都我还知道,保加利亚是索菲亚,罗马尼亚是布达佩斯。"我说:"布达佩斯是匈牙利首都,罗马尼亚首都是布加勒斯特。"肉在叉子上旋转,在我的电影里像一只河蟹环抱风景。他之所以脑子乱,是因为他把盘子里的肉放得乱七八糟。他关上玻璃门,说:"希望你会喜欢这肉的味道。你吃过羊肉吗?"答案是肯定的。

"在罗马尼亚常吃羊肉，"我说，"罗马尼亚的尼伯龙根之歌，我们的史诗，主题就是有关羊和牧羊人的。""有意思。"他说。我更正他："并不有意思。史诗的主题是欺骗，以及在恐惧时如何保持镇定，还有痛苦和死亡。"

德语是我的母语。在德国，每个词的意思我都知道，那是我早已熟稔于心的，但组成句子后我却不一定明白。有时是因为我不了解一句话的背景，不知道对方的意图。后来，我琢磨了一下"有意思"这个俏皮说法，我把它理解为后置从句了，其实那只是附加的一声叹息，并没有实质内容。只是简单的"啊，原来如此"或"哦"，而我却理解为一个完整句，以为他们说"有意思"时表示感觉有趣。我以为每个说出的词都在表达特定的内容，否则不必说出。我了解说话与沉默，但不了解这说出来的无内容的沉默。

我常常想起一个卖花的女人，她五十岁左右，我在她的花店买过两次花。第二次光顾花店时，她从桶里挑了最漂亮的金鱼草（Löwenmäulchen，直译为狮子小口）以示谢意。她迟疑了一阵子，终于还是开口问："您是哪里乡亲？法国人？"我不大喜欢"乡亲"这个词,所以我也迟疑了一下,我们之间是一段沉默的空白。我说:"不,我是罗马尼亚人。"她说:"哦哦,没关系。"她笑了一下,那笑容看起来仿佛她突然牙疼起来。她的话很和善,好像在说:这没什么,只是小口误。她有些尴尬,不再抬头看我,只盯着包装好的花。她可能觉得高估了我。在我开口买"狮子小口"的时候,我就应该想到这点。随我移民而来的德语中,在罗马尼亚,这种花叫蛙鸣。我们村的方言干脆就叫呱呱——蛙的叫声。这里用狮子与青蛙的大小来比较是不恰当的。德国德语中的狮子小口荒谬地高估了蛙嘴或呱呱,几分钟后我被以同样的方式高估了。

在德国,人们总喜欢打听我是哪儿来的。每次走进杂志店、裁缝店、鞋店、面包店、药店,打过了招呼,告诉对方我要买什么,售货员去取货,报价……然后,稍微喘口气,就会问我:"您是哪儿人?"我把钱放到柜台上,在找零的间隙说:"罗马尼亚人。"听我用大段完整的句子把买东西的事说得十分清楚,在我离开时人们总不忘说一句:"您德语真好。"对此我不想置之不理,可又觉得没什么好说的,这让我心跳加速,只想赶紧逃到大街上,以免太显眼。可是走到门口时总出错，该拉的门去推，该推的去拉，反倒更引人注目，显得傻里傻气。鞋匠和裁缝店门口都有个小钟门铃，它们仿佛在给我内心的想法谱曲，让我的心跳在整个店里唱响——德国的门铃也会控制人。店里常有别的顾客，也会对我侧目而视。

　　逃到街上，想象着在我前后排队的客人，都要向店主报一下自己是哪里人，那会是怎样一番场面。我脑子里过地名，寻找着韵律："您好我要咳嗽糖浆我来自鲁路普。您好我要阿司匹林我是维也纳人。您好我需要两瓶红酒来自施莱斯海姆。我要剃须刀片我是毕芬根人。"或者，在离店时说："再见我的老家是莫尔菲登，我会再次将你的店门登。"编着编着，我不由得笑起来，但我知道这笑来得有点晚了，况且这小诗武器除了我自己谁也伤不着，以后也派不上用场。我在门铃上撞出曲调，却没在身上撞出包来。我需要撞个包，就像鞋需要新的鞋底。

　　来德国十二年了，我发现人们说话时总喜欢这样开头："在我们德国……"这常常会激起我的自卫心理，我挺直腰板说："我不也在你们德国吗？"这时，对方会睁大疑惑的眼睛，态度有所让步，重复道:"但在我们德国不说 Bretzel,而说 Breezel(8 形面包)。第一个 e 要延长,第二个 e 要吞掉,明白吗?其实这也没什么大不了,不过现在你了解了。"然后给我一个微笑,我想那意思是说:"无意冒犯。"紧接着一个问句:"OK?"我点点头,出乎对方意料地说:"请给我来个 Laugenbrezel(8 形碱性面包)。""很棒嘛!"售货员笑了,笑容一直延续到下一位买光棍包(一种硬壳长面包)的顾客。我已经走上滚梯,他的"很棒(Toll)"溜进我脑子里,用它组成的词我知道:狂犬病(Tollwut),颠茄(Tollkirsche),精神病院(Tollhaus),环形珊瑚岛(Atoll),匹夫之勇(tollkühn)。有"toll"的词听上去很大度,甚至 Ajatolla[1] 听起来也如此。类似的词都像"8 形碱性面包"一样长,难道我每次都得跟售货员说出面包完整的名字?还有地铁中的面包广告:"年轻的新娘在答应'愿意'时顾不上说话/因为她在忙着啃培西面包(Paech-Brot)。"我是不是应该告诉售货员我多么喜欢"培西面包"这个词?培西面包以最简洁的形式展示独裁统治下人们

---

[1] 伊斯兰教什叶派领袖的名字。——译注

的遭遇。我在受审时秘密警察总是提醒我：别忘了你吃的是罗马尼亚面包！当时的我不可能知道，他对我的折磨可以用一个简单的词来描述，是柏林地铁的面包广告提示了我，培西面包（Pech-Brot 倒霉面包），是为这种长时间的精神折磨找到的最精准的词。"我吃过我的倒霉面包了"，这句话与豪尔赫·森普伦的"家园即说出者"一样惊人地清澄明晰。这句话对描写独裁专制太有用了，我们甚至可以说："因为森普伦吃了他的倒霉面包，他才知道语言并非家园，而是，语言即说出的内容。"

那么，下面这个事例说出的内容是什么呢：我在信箱旁遇到女邻居，我们一起拾级而上。她开始抱怨每天夜里睡不好觉，因为她三岁的孩子总在夜里两三点钟，抱着布娃娃上她屋里来玩。"这真是恐怖，"她说，"恐怕罗马尼亚的秘密警察也想不出比这更残忍的办法。"她是教历史的。我是否应该告诉她，罗马尼亚秘密警察可不想跟我玩什么布娃娃。

这样的例子数不胜数，是我们日常生活中的例子。政治和文学领域也不例外。吕特格斯（Rüttgers）先生也作诗，叫作"要孩子不要印度人"，针对施罗德的客籍工人政策。施罗德主张招募印度人短期来德国工作，三五年后限期离开。初来德国时，公司可以为他们租赁汽车，直到他们买了自己的新车。印度人应该为被德国需要而深感荣幸。经过改良的印度人，在德国居留的三年中一定会经历这些：在办公室得到普遍认同；在"我们德国"8形面包两个e音发得不好时，店里的人会为他耐心解释；或许，在傍晚时分的地铁和电车里，或阳光明媚的加油站里，在山中湖边，或者随便什么地方，都会心慌慌的，因为他可能被德国光头党人宣布为不受法律保护的人。

吕特格斯的韵律在与施罗德召唤客籍工人唱反调，尽管施罗德先生明确规定了客人应该打包离开的时间。但吕特格斯先生知道：我们德国是有先例的。客籍工人的共同特点是喜欢放弃休息，在非工作时间打工赚钱。此外，招募他们是为了工作，但工作之余他们也要生活，会为了长期居留而努力，建立家庭，留在德国，生孩子。生下的孩子还是印度人，起码是一半的印度人。要发好Brezel的e音，把第一个拖长，第二个吞掉，不是一代人能解决的，需要几代人的努力。土耳其人就是最好的例子。德国政治家的一体化政策，并没有使土耳其少数民族在这个国家得到承认。多年以来，土耳其人在这里还是外国人，宽厚些的德语礼貌地称他们为"准公民"，对生活在德国的土耳其人的不满还算有所克制。我曾经解剖过"准公民"这个词。罗马尼亚把匈牙利、德国、塞尔维亚少数民族称为"共居民族"，这些民族在罗马尼亚有几百年的历史，有的甚至比罗马尼亚人的历史还要长。尽管我的家族在这里生活了三百多年，但和其他非罗马尼亚人一样，永远只是"德裔少数民族"，是生在罗马尼亚人家乡的客人。秘密警察审问时提醒我吃的是罗马尼亚面包实在可笑，因为我们家曾拥有很多土地，我外公本是大粮商，但他所有的财富都被国家没收了。现在，秘密警察却以这个国家的名义来质询我。我吃的是罗马尼亚面包，因为我的家庭被国家以法律的名义打劫了，作为"共居者"，成为罗马尼亚式好客游戏的皮球。三百年之后仍为客，这的确要归功于罗马尼亚。德国之于土耳其人也是一样，只不过在德国少了一层主义的刁难。

鉴于德国土耳其人的例子，我们可以就印度人建议如下：对德国来说最好的是虚拟印度人，这个词当今可是很时尚。也许日本的玩具公司可以生产一种"拓麻歌子－虚拟印度人",装在大纸箱里发货。使用说明书可以这样写:八小时之外不存在,下班后需喂养;冷藏保存;对工作充满热情,无须顾虑家庭生活。

德国自1945年以来就开始致力于"正常化",以帮助战后一代能直面纳粹灾难。却从未奏效过。东西德合并后更是加快了正常化步伐,希望东西德人民平等相处,尽快消除极权统治带来的负面影响。然而,即便东德乡村的最后一条土街也铺上了柏油路,四十年管控的痕迹依然不会消失。可以正常化的是,西德人对新来的东德兄弟的德语腔不能说"在我们德国";可以正常化的是,这种口音在买阿司匹林片时不用非得说他来自哪里,在买面包时也不必非得练习延长的e和吞掉的e。吕特格斯除了上面提到的诗作之外,也和其他政客一样讨论外国人融入的问题。为了支持他的意图,我尝试给他提个建议,一个一句话的一体化计划书,叫作"外乡口音融入德国8形面包的一体化"。这份计划书很具体,我认识相当多的人也许第一次相信,吕特格斯先生这回说的,也是他准备做的。

文学界也在致力于一体化。一些文学评论家表达了对于整个德国主题的小说的期待，而不是之前单纯的边缘化文学。他们坚持当代，好在德国题材的当代很有弹性，可以追溯到几十年前。以多年前的德国大事为题材的小说，不论战后、经济奇迹还是六八年题材，都不会被文学批评谴责题材太过老旧。因为东西德原本就同属一个国家，人们现在阅读时愿意认同这种关联。像我这样的来自另一个国度的作家，虽然用德语写作，题材却不是德国本土的。对文学批评界来说，十二年前的历史就已经是陈旧了十年的过去，我的每本书都遇到过这种情况：文学批评家比8形面包和阿司匹林售货员的表达方式更为复杂，但他们的用意是一样的。他们也想在我的作品中听到当地口音，建议我停止对过去的诉说，写点德国的事。他们和多数人一样，认为只有对当下有足够的了解，才能化解过去。吃饭的时候要看着德国面包，好忘记倒霉面包。如果这方子有效，我倒是不反对，但事实并非如此，它不能使我如愿以偿。我越观察德国，现在就越是与过去联系在一起，我没有选择，我的书桌不是鞋店。有时我很想大声质问：你们了解什么是受伤吗？我从罗马尼亚走出来已经很久了，但没有走出独裁操控下的人性荒芜，独裁统治的遗产总是变换方式闪现眼前。东德人对此无话可说，西德人也已经听够了，但这个主题还是让我欲罢不能。我的写作必须停留在我受伤最深的地方，否则我不需要写作。在这一点上，德国的面包广告倒是和我很一致："年轻的新娘在答应'愿意'时顾不上说话／因为她在忙着啃倒霉面包。"

另：倒霉面包 Pech 在广告中的写法是 Paech，但，借用卖花女人的话，"这没关系。"

空气中酝酿的往往不是好事

"如果空气中酝酿着什么，那多数不是好事。"这个约定俗成的说法暗含恐惧，让人嗅到危险的气息。我们提及空中之物时，指向其实是自身的感觉。一直在脑中盘旋的东西突然曝形于外，且形体超大，无所不在，让人无处躲藏。那是人们用空气来表达的个人感觉，说自己却不必提到自己。

空中不会有什么，最多只有空气。空气流动形成风，风钻进它一路遇到的物体，物体的摆动让我们看到风对它们的占有。风本无形，我们只能看见被风抓到的物体抽打或飞舞，它们或无声或嘈杂地"随风飘"。狡黠的人，我们也用"随风飘"来形容他们。由此形成一个封闭的圈：如果空中有什么，那一定意味着危险，而危险是"人"为的。

对我而言，谈论天空以及天空的复数——如诗歌中常见的——和谈论他人带来的恐惧，一向是有区别的。如果恐惧也有复数就好了，因为压迫天天有，或公开或隐蔽的手段不断翻新花样，让恐惧占领了一天当中的每一个小时、一个月的每周、一年的所有时间。它占领了钟表的嘀嗒、街道日间的嘈杂，和夜晚的宁静。或许我们应该把恐惧分为两种：一种是短暂的、无法预测的，当恐惧的因由消失后了无痕迹；另一种是持久的、渗入骨髓的恐惧，只有每天翻新的花样会令人意外。政治迫害属于持久型，它已经成为个体的一部分，潜入所有瞬间，淫荡地张开四肢伴随人们的所有思想。持久型恐惧是一种基本恐惧，由许多具有共性的恐惧组成：制造恐惧的总是随风飘们，这些家伙挖空心思运用各种手段，让持久的恐惧没有空隙，比人更大，让人属于它。人不再是感到害怕的人，而是成为被恐惧带走的人。

恐惧在变为复数的过程中不会嗡嗡作响，对我来说是语言并非万能的一个佐证。与"天空"们不同，"恐惧"们没有诗意，只有沉闷，它们什么都打不开，只将视野关闭。外部冰冷到凝结，内里则匆匆忙忙，狂躁地摩擦自己，直至火热得要燃烧起来。我了解我的恐惧，也了解那些生活在齐奥塞斯库阴影下的其他人的恐惧。"随风飘"们为我"备妥"了恐惧,"备妥"在这里可以狭义地理解为:书面计划,下达委托,然后由专业人员实施。也许持久的恐惧就像空气,看不见踪影,却可以四处延伸播散。我成了"恐惧啃啮者"——记不得几年前在哪里看到过这个贴切的词。与此相对应,"随风飘"就是"恐惧制造者",他们工作卖力,得到的报酬自然不错。

我知道,现如今,许多随风飘们都把自己打扮成无辜的平民。这对我是幸事,对他们也是。他们不是因个人理性而更平民,而是因为进入了一个更平民的时代,尽管他们曾试图阻止这个时代的到来。他们现在的任务也更平民化了。恐惧制造者平时散落各处,只在工作需要时才聚到一起。如果任务更人道,他们不会更审慎,只是不再那么危险:秘密警察、警察、军职人员、监狱工作人员、律师、医生、记者、教师、教授、牧师、工程师、邮局职员,我可以不断罗列下去,直到家庭主妇和退休人员。随风飘们有自己的等级,通过无线监控、策划交通事故,甚至假扮密友为他人制造恐惧,其手段不胜枚举。今天,和其他所有凉下来的东欧集权统治一样,他们也在自己的国家等着被批准进入"资本主义泥潭"——独裁倒台前他们就是如此充满恶意和妒忌地称谓西方世界。曾经让他们失去所有权利，给他们带来致命毁灭的欧盟，如今成为他们的利益所在。他们重又振作起来，只要"欧洲"这个名字需要，可以为之付出一切努力。他们像被放置到另一条轨道上的火车，又开始重新运转。终于，他们可以在自己家里，和已经"深陷资本主义泥潭"几十年的敌人一样，和被他们扔到监狱、带着残破的神经、出于厌恶离开或者被赶出疆土的国家敌人一样，过上好日子了。

现在恐惧制造者和我处于同样境地，他们中的大多数人认为这是失败，而进入欧盟是对失败的一种物质补偿。我和他们一样感到内心分裂：一方面，我不愿看到几十年来被他们视作罪行，以威胁、搜家、审问、精神压迫、射杀、逮捕、刑讯、谋杀手段极端禁止的东西，现在也成为他们的需要。他们威胁我的朋友，逼迫他们与我脱离关系，有的甚至被谋杀。他们宣布我为不受法律保护的人，最终将我逼出国境。这一切当然令我气愤，我至今都在自问，这些家伙就从来没有怕过自己吗？他们应该知道自己毁掉了多少人，他们凭什么将成千上万的人流放，这脚下的土地也属于他们，这里也是他们的家园。被永久驱逐的人，将永远无法回归从前。另一方面，他们期待按照昔日敌人的方式，在被自己毁坏的家园生活，这一点又让我心安，因为他们现在努力的方向不会给我带来新的恐惧。我在登上离开罗马尼亚的列车时，一个警察对我说："无论走到哪儿，我们都找得到你。"到德国后的头三年，我多次接到死亡威胁的匿名电话和信件，索套跟到了德国，而我却无力抗拒。现在我对他们依然怀疑，但不再害怕。他们的索套随我流亡以来，我从未想过会有这么一天。能够摆脱恐惧是我会思考以来最得益的地方。

自我记事以来，我家房子过道的墙上一直挂着一把怪异的钥匙。用涂了黑漆的木头做的，镶了圈金边，叫天堂钥匙。我学走路时，它亦步亦趋地跟着我。不是钥匙的形状、而是它的质料发出的微光，有点像棺木或钥匙形状的祭坛。有人从旁边经过时，它会偷听。看到金边黑漆在我身后匕斜，我想，它是否会咬住我，把我送到天上去。天上都是死人，和自行筛选的自杀者。村子不大，村人彼此相熟，不是出于好感而是因为比邻而居走得很近。村里的死亡很少与医生确诊的疾病有关，常常是因为行为的好坏，道德与耻辱，还有迷信。灌木一样丛生的"依据"证明每个人的死罪有应得。死者激怒了上帝，使得上帝终于动手把他带到死亡之地。天主教的上帝将所有失足转化为疾病。他是主证人，也是村民，和那些将他的话视为经典引证的人一样。他住在穷乡僻壤的天堂，分配着他的生命模型，像村中的长老，对居民们施展着他的权威，心安理得地进行奖惩。村庄上帝为谎言、偷盗、妒忌、私通分配了结石、哮喘、腹股沟疝、青光眼、中风或癌症作为惩罚。

因为过道有把天堂钥匙，不论有没有他人在家，疏忽都会带来风险。"别总去照镜子，"外婆说，"别太骄傲，天堂钥匙挂在那儿呢。"她的话有道理，因为家里所有的镜子上都有油污，核桃大的云在里面游来荡去。我在镜中照自己时，云会进来吃我的脸。我让它飘过我的头发，掠过我的脸颊，沾到鼻子和脖子，但留意不让它碰眼睛和嘴。母亲会更啰唆些："你就没听我的话，把地板先打湿，擦到半干，再擦干。你看你擦得尽是道道，干活总马虎，就想着早点了事。你以为别人看不见吗？不想想还有天堂钥匙呢！"其实我想它来着，尤其在干活的时候。但我还是要敷衍了事，因为我想，我不能事事顺着上帝，否则会死不了。我反正干什么都马虎，再添几件罪责也无所谓。即便我认真擦地板，上帝也会做他的筛选，趁他选好之前，我还是抓紧时间玩会儿吧。

我相信天堂钥匙会讲话。到了晚上，当外面和它一样漆黑一片时，它会报告人们一天的错误。天空披着黑衣覆盖大地，和大人们私下密谈，因为村子是属于大人的，村里的一切，从街上的尘土一直到树梢，都是他们的。房子、牲畜、井、车站、饭馆、舞厅、教堂、墓地，所有的一切，包括孩子。知道自己有父母，意味着我属于他们（这也许和长大后，我属于恐惧是一样的）。我从未尝试把天堂钥匙拉到我这一边。在家里那么多年，我只有两次把椅子靠在墙上，站上去够钥匙。我想看看黑漆下面是否只有木头。我太阳穴轻轻叩动，脉搏和心跳传到脚趾。房间里，寂静在跳动，钥匙摸上去像小狗的皮肤。把小狗从窝里举起时，它们的心脏在肚子里跳动。这一番检查验证了我的担忧，钥匙是活的。

我进城上高中后，过道不能总跟在我身后了。

我周末像个过客回家看父母。他们异样地看着我，我身上散发陌生的气息，不再无条件地听他们指挥了。天堂钥匙对我来说只是个小小的装饰，一件廉价的手工艺品。我问起天堂钥匙的来历，问得真及时，因为我发现它的出处竟然愚蠢之至，我为自己先前对它的敬畏感到羞耻。它那被无耻地策划出来的独特出身终于被拆穿：天堂钥匙是维也纳商会送给外公的礼物。二战前他是粮商，在维也纳做生意。钥匙怎么到的他手，他自己也记不大清了。我问他，既然都记不得它的来历，为什么天堂钥匙在家里这么重要呢。他回答说："一开始它并不是天堂钥匙，只是把庄稼钥匙。有一次，邻居大叔打完牌喝多了，回家的路上他冲着墙说：'嘿，这可是把天堂钥匙啊！'"它原本是把庄稼钥匙，大概是为了祈求好收成吧，外公说。

这把钥匙没什么好的，因为天堂没什么好的。它被它的占有者想当然地占有着。尽管卑微，它还是被赋予了这样的角色。庄稼钥匙没有任何一种庄稼的样子，它的大小、带金边的黑漆，让它看上去似乎是为了卡住门而造的。它能成为天堂钥匙，全仗一个醉鬼迷离的目光。它在我眼里好可怜，它的身世是我见过的最愚蠢的一个。过了很久我才承认，其实随便换个别的来历也一样可笑，因为世界上没有哪一块木头，更别说如此装扮的一块木头，能够扮演命运的角色。这个村庄生活在可怕的简单中，不仅通过迷信和上帝间接默认了自身的毫无意义，甚至卑躬屈膝与土地达成一种结盟——一种屈服于命运的自大，不仅接受每一次死亡，甚至在祈求死亡。

村里人常说："天空在走。"天空在每一天的的确确不同。它把死者赶来赶去，让他们小步快跑，像部队的中士训练新兵。我想，死者也不能失去对天空的畏惧，他们不能忘记，死是对他们生前错误总和的惩罚。他们在天堂不能过得太好，否则死就不再是惩罚，还不如让他们在炎热和寒冷中，在难以驾驭的土地上辛苦劳作。

来到城市的头些年，我没有为天上之事烦恼。它过于零星散落，我为自己能从孩提时的幻想中走出来感到高兴。我没有一本童话书，代替它的是一把冷酷的天堂钥匙，它无法进驻非现实的世界，没有能力在现实与非现实的差异中获得好处。我的童话从未在纸上存在过，它只存在于房子里，住在每天的生活里。恐惧制造者碾过整个村庄。后来,我在城市生活了十一年,住在所谓的"塔楼",城边水泥盒子的五层楼。从卧房的窗户望出去是体育馆,从厨房的窗子能看到专区医院,那里常常有人因厌倦了生活直接从窗户跳出去。体育馆和医院之间,农田沿着最后一条柏油路蜿蜒,寂寥的天空笼罩田野,被工厂的烟囱染成橘灰色。窗户比天高。熟悉了平原的眼睛,看窗外的风景是颠倒的,我望着天空感觉它是个水坑。房间在中点交叉,天空恰好倚在窗户上,吃饭时落在盘子里。如果不是随风飘的邻居、同事、秘密警察给我制造恐惧,我或许无法看到这些景象。那不是天空,而是不安。我在天空的肚子上打开冰箱、关上冰箱,开合衣柜,梳洗,吃饭,睡觉。我感觉自己高高挂在空中,因为回家后,经常发现房间来了个大变样。我不在家时,安全局的人来造访过,墙上的画掉到床上,椅子换了地方,柜门上海报的一角被撕掉,厕所有烟头。当年对于天堂钥匙的恐惧,在塔楼重新回到我心里,成为对日后生活的一种演练。唯一不同的是,我不能期望秘密警察其实只是万能的庄稼警察。他们不是木头做的,没有挂在墙上。被牢牢钉住的是我。

"密码、关键场景、关键经历"，[1]这些词听起来更适合"词、场景、经历"，它们才是决定性的，能够带来结果的。所有带"钥匙"的词并没有什么象征意义，我知道，它们知道，是天堂钥匙的自大给它们带来诸多负担。我尽量避免使用带钥匙的词。当我第一次听到"钥匙孩子（意指父母不在家需自己带家门钥匙的孩子）"时吓了一跳，好像自己被抓住一样。在另外一种意义上，应该说是我属于天堂钥匙，而不是它属于我。我还在村里时真需要"钥匙孩子"这个词，但那时还不知道它的存在。

每每碰到"露天（在自由的天空下）"这个固定用法，我也要在脑子里立刻将它纠正为"在开放的（offen）天空下"。村里从来不把露天说成自由天空（freier Himmel）。干活儿都是在室外，劳作是辛苦的，谈不上自由或不自由。村里人说起天空时是实用性的，往往用来判断天气，听起来具有一种漫不经心的美：天空在行走；天空在旋转；天缩成一团；天压了下来；天上云层翻卷；老天爷口渴了。城里人才说"在自由的天空下"，但天空没有一天是

---

[1] 这些词的构成均以钥匙开头：钥匙＋词语＝密码，钥匙＋场景＝关键场景，钥匙＋经历＝关键经历。——译注

自由的，它只是开放着。我直到今天都只说"在开放的天空下"。

一次审问中，秘密警察低声对我说："衣着干净的人不会脏着进天堂。"那时正值夏天，我穿着一件新上衣，精心化过妆。在接到前去受辱的命令时，我总是这样，希望自己看起来有精神。现在我只能去假设这一点当初为什么对我如此重要。我长时间站在镜前整理妆容，仿佛在给自己打一剂强心针，因为审问时人很容易垮掉，就像行李很容易被偷走。和令人厌倦的软弱相比，衣着得体出现在审问现场是一种优势。当审我的人说"衣着干净的人不会脏着进天堂"时，我甚至感觉很骄傲，那是他能说出的最美的死亡威胁。至少他在我身上发现了一点价值，至少他在承认，尽管他们努力制造恐惧，我还有能力整理仪容。我一下子就理解了这句话隐藏的每个角落。我认识的一些人，几经折磨后变得十分脆弱，牢骚满腹，外表邋遢。这样的例子审问者见得太多了，他看到无数人在自己的折磨下无力优雅，优雅已经离他们远去。

出境的车站离匈牙利很近，是一个小小的边境火车站。我们一行二十人，在光线暗淡的候车室等着，没得到命令不准离开，在警察的监视下，等着上站台。登上列车时收到的最后一次威胁是：不论走到哪儿，我们都找得到你。然后我像一件无人大衣一样坐在火车上，感觉又一次走进他们布置好的圈套。火车呜呜叫着，那是二月，夜幕早早落下的傍晚。雪花顺着铁轨悄悄地将白光向前推进。火车的确是火车，我们的确坐在火车上，但我还是不能完全相信，不能相信它真的会将我带离这个国家。

列车驶入匈牙利。铁路两旁是匈牙利的越冬草，是匈牙利的雪花，和匈牙利的街灯。天亮以后，是奥地利的天空，奥地利的鸡鸣，奥地利的篱笆和杨树。和列车一起行进的周围的一切，似乎还没有进入自由之地，一切还在罗马尼亚式毫无想象力地生长着。火车开走了，景色依旧，它感受不到独裁与自由的分别。边境使人们违逆风景，违逆头脑和自然理性。但首先，有它就很好，否则我无法在延续的风景中到达另一个国度。这是否有什么用我不知道。已然是奥地利的杨树掠过我的双眼，用它的小提琴为我大脑的第一站自由演奏一曲风之歌：无论你走到哪里，我们都找得到你。

在柏林居住了一年后，有一天我被国家庇护部门传唤。他们提到一个我不认识的罗马尼亚人的名字，给我看他的照片和手记，上面有我的名字和地址。国家庇护部门怀疑此人受罗马尼亚安全部门委派来柏林搞暗杀。他们告诫我不要出入有可疑罗马尼亚人的小酒馆。在罗马尼亚的蒂莫什瓦，我离开前一直生活的地方，有一个果汁厂。现在的工厂主曾因涉嫌暗杀在柏林被捕。当年的随风飘成为当今的企业家、银行家、政治家、教授，独裁时代的职位为他们今天的财富和影响创造了机会，在市场经济时代占得先机。是当年的恐惧制造者把这个国家带到了欧洲。

蒂莫什瓦的果汁，我听说，很好喝。但我不会去品尝，否则我会喝到恐惧。这恐惧我现在已经没有了。